跨度小说文库
Kuadu Fiction Series

跨度小说文库
Kuadu Fiction Series

ZONG TONG

棕瞳

任永恒————

著

中国文史出版社

目　录

棕瞳

一

股市是五千六百点进去的，如今呢？哭都变成一种奢侈，哪里还有他妈的钱呢！于是老婆跟我吵；她们领导也不知道怎么那么多酒局，还总让她陪，夜半更深一听到楼道里散了脚的高跟鞋声，我就来气，于是我跟她吵；房贷的月供我说咱们均摊，她说不行，那每月的汽油钱你拿总行吧？她说，你也算个爷们？

这些算是该吵的吧，还有呢？在阳台抽烟，烟灰刮到了屋里；她总是买靴子，家里摆得像个擦鞋店，还是专擦靴子的店。我买回一箱快餐面，她抱回一袋子小食品，那锅台干净得像样板房似的，这是家吗……

翻脸，翻的次数多了，就说绝情的话。几年的家产也有些搅不清，那就签个协议，以后不见面恐怕不行。"'必须的'怎么办？""你领回来的，归你。""你不喊它是宝贝吗？""以前我也叫你宝贝。"

"必须的"是我家的一条狗。

她拽个箱叮铃咣当出门了，去哪儿？摔门声让我心里一颤，像几天没吃东西，肚子里发空。光空也罢，肠壁上像有活物在动，搅

3

心哪。屋子出奇的静，还像比平时大了许多。"必须的"也觉得发生了什么，温顺地枕在我的腿上，瞪着一双棕色的眼睛。它的眼瞳中有我，一个变形的但能看清的我已经不年轻了。这只狗并不名贵，在中国叫京巴儿，在俄罗斯叫什么不晓得。花的，黑白毛长得很不讲究，邻居和朋友中都不知有它，挺可怜的，活得没啥大价值。主要是它不那么灵，活得没故事，没啥能讲给别人听的，可能是那次药给吃多了。吃药？想起来还很传奇。

　　去年俄罗斯办了个"中国年"，我作为随访记者在黑龙江对岸的布拉什维申斯科市待了半个多月。那天在一家赌场门口有个黄头发男孩儿撞我，从怀里变戏法似的弄出个小狗来，意思要换我的墨镜。狗没看出好可我那镜子更差，夜市的货。弄回宾馆犯难了，知道海关不让。有个丫头告诉我，过关时放在羽绒服的帽子里，只要它不出声就没事，上次她老公就是这么带回一条俄罗斯的狗。我笑了，我身上有四样东西是不能缺的，手机、钱包、烟和安眠药，文人嘛。回去给老婆一个惊喜，当孩子养，在中国这还算是真正的野种。

　　那段日子，老婆总看一个叫《乡村爱情》的电视剧，她倚在沙发上傻傻的笑让我来气，忒俗。我说，街里有卖脚丫泥味的香水吗？你用合适。一般的时候她装听不着，于是，我就管她叫"必须的"，这是剧中重复率最高的一句台词。这她急了，我说叫狗呢。

　　没有孩子，婚离得不那么沉重，可总归是件烦心的事，我决定出去走走。

　　选择那个小村，是缘于她太静了，静得我总是忘不了她，再就是那块儿没有熟人，我怕有人问起家的事。没有熟人的地方多了去了，你以为你是名人呢？那里还没有电话，至少不是每家都装，手机在吵架时摔了。一见电话，就会想尘世，就有欲望，欲望又不是

4

一种。

几年前，我陪余秋雨行走黑龙江就到过那儿，留下的印象极深。船是在黑河市起锚的，逆水而上，记忆里走了三个小时左右。眼前有个小村沿江而栖，村的名字是很高贵的（停泊时我们心中产生的尊敬是有别于北方任何一个村落）——御史大夫村。

在这个小村里，是曾经出过一个御史大夫，还是有一个御史大夫到过这里而得名？或本身并不是这几个字，因无文字记载，口传有误？我想黑河市的地方志上该有定论，我不知道纯属个人无知。

江水是小村通往外界唯一的路，村民们的张望总是沿着水走。船是不经常来的，因为这里不值得设站，于是若有客船停泊，全村人都出来，那天就是小村的节日。

也许是黑河的接待方事先打过电话，可我更相信这里的人们还有着因远离城市而保存下来的比城里人更发达的直觉——今天有客来。村口的江岸上，聚集着几乎全村的人们，行注目礼，迎接着一个"城市"。

小村的宁静令人吃惊，三三两两的人们扛着原始的农具，见生人走来，便靠边而立，在一张张极具和善的面孔上，让你读不出一丝想做生意、想骗你的狡黠。没有村官陪伴，我们无约束地在房前屋后游荡，透着城里人的几分处优之气。这里的院门和房门都不落锁，进得院来便不用敲门了。主人可能去江边看船，我们坐在炕上，又到锅台上拿块饼子来吃，并主人般地分给其他人。走出门才见这家女主人在门口微笑，脸上那种宽容和亲切，城里已经不存在了。每家的院里与其他乡村无二，多的是一个十米多高的木杆，杆顶有筐，筐中晾着江中捞来的小鱼，据说竖得高些不招苍蝇。我们买了很多，价钱是自己定的，鱼干就酒一直吃到呼玛。

5

二

备了两周的食物，还有水，我锁门时，"必须的"在叫，声音不大但很揪人，我心软了。如今我他妈的也是一只狗，而且是一只流浪狗，在街上有主人的宠物都在嘲笑我。我想低眉顺眼地走在没人去也没狗去的地方，再自食其力地混日子，只是屎不再吃了，属社会时尚。

公路总该有了吧？村村通，是省长说的。我在黑河市下了火车正是凌晨，出租车揽客的大多还睡眼惺忪。

"去御史大夫村。"

"在哪儿？没听说过。"我身边拢来的一群人都没听说过，用异样的眼神打量着。我还戴副眼镜呢，像诓人打劫的吗？况且还抱着只温顺的狗。黑河市有朋友，还不止一个，只是不想见，多嘴的人有的是，恐怕他们早已知道我离婚了。

"我知道，但道可不近哪，而且还不好走。"一个老头凑过来，诡秘的样子像同我交易毒品。我没答话，一个人在外得警惕。"在上游，靠江边。"他说得对。"多少钱？""道可不近，还不好走。"他重复着。"走吧，车在哪儿？""跟我来。"在斜对面的一个小胡同里，站着个小伙子。"来活了，去三道崴子。"

"是御史大夫村。"我更正着。

"就是那儿，一个地儿，很少有人知道那个小屯子有俩名，我也是早年打鱼到过那儿。"

说三道崴子，打听道就方便多了。老东西，他和他儿子也是第一次去，而且是黑车，没出租牌照，我认了。

6

"二百块钱不能少，回来空驶呢，你瞅这道。"

"可以，有票据就行。"我逗他。

"那你说多少钱？发票我得找人串，后给你。"

"我上哪儿找你？"

"站前，我天天在那儿。"

"不行，回来我不从黑河走，还去呼玛。"

"那你说多少钱？路途得俩点儿呢。"老头急了。

我笑了，一周来我第一次笑。

"我说的嘛，一看你就是个有钱人，不会同我们小百姓计较仨瓜俩枣的，油多贵呀。"

"黑车吧？咋不办个运营许可证？"

"那得多少钱哪，还得找人，买这车才花五千。"

"你这车值五千？大头了。"

"可说呢，熟人牵的线儿，说这车能开两年，一年就能把本钱拉回来，还能干挣一年钱，我看够呛，挣那点儿钱都修车了。"

"闭嘴。"小伙子不高兴了。我能猜得出，有车就是有职业，说不准靠这诓媳妇呢。有媳妇咋样？我的心情又坏了起来。

"既然会打鱼，开什么出租车？黑龙江里的鱼多贵呀。"

"有鱼的时候卖不上价，现在市场上鱼价起来了，可江上打鱼的比水里的鱼都多。"

"一天碰着一条大的就掏上了。去年我到呼玛县去采访，宣传部长说，一条三斤沉的江鲤得七百元，还弄不着，今天你来，算是有口福的。"

"三斤？能碰着个半斤的就算你命好。去年我弄着条二斤来沉的，岸边买鱼的都快把我的船给踩翻了。"

"这么大的江咋会没鱼呢？"

"你可说呢，我像他那么大的时候，那鱼厚哇，黑河人吃鱼从来不买，到江边的渔船上张口就要一条，叫条鱼就十来斤。有天天刚蒙蒙亮，顶着小雨我去江边溜挂子，走到一个江汊子，就听一个小水泡里'啪啦，啪啦'水响，定睛一看，我的天，一层鱼，我就在树上掰个棒子，一顿打，扔到岸边上的有二百多斤。那是半夜上水，落潮后鱼回不去了。也就十来年，咱们的人张开大嘴把江里的鱼吃个精光，江风里连点儿腥味都没了。"

"去年是俄罗斯的'中国年'，我在对面的布市待了两周，同是一条江，靠他们那边鱼可不少，一天钓十多斤呢。"

老爷子笑了："可说呢，谁说鱼不懂事？老毛子基本不吃淡水鱼，也就没人弄，鱼就全跑那边去了。"

躲，鱼和人一样，都有这个习性。

三

到御史大夫村快中午了，觉得一道唠得挺好，就说："找个地方吃一口，我请客。"

"这地儿没馆子，上家吃去咱谁也不认识，你就在这儿下吧，我们爷俩往回赶，走到哪儿吃到哪儿。"

"有手机吗？我住够了你们来接我，还是这个价儿。"

"中。"

小村有变化，只是不大，草房中有一部分变成砖房了，有的院子铺了水泥，电视天线还在，小树林一般。遇人我打听村长家，一指，好找，房子是最好的。有狗看门，吠声把家主人引了出来。村

8

长也就四十多岁，端着个搪瓷缸，嘴里嚼着，弥漫着一股小烧酒的味道，打量起人来眯着眼睛。

"记者？"他看我背着相机呢。

"是。"

"采啥？"

"先住下。"

他警惕，往我身后瞅瞅，上面咋没来人陪呢？

"租间房，想住几天，采访的事咱以后细聊。"

"证件。"看来他是见过点世面的。我将记者证、身份证，甚至是医疗卡一并给了他，想快点儿打消他的疑虑，这时我已坐在他家的堂屋了。

"咱这儿没旅店哪。"

我说租房。"只要干净、独住、有电就行，吃同房东搭伙、我自己做都行，住些天就走，给钱的，只是价钱别太离谱。"

他眼睛一亮："那就在我这儿吧，上头来人都住我这儿，房子也好。"

"你家人挺多的。"

"不碍事，让他们小点儿声。"

"你是领导，找你的人多，我想清静一点。"

他想了想："那去老安家吧，现在就一个老头，房子是差点儿，可绝对干净。"

"去看看。"

"跟他说啥价呀？"

"一天一百，饭钱另算。"

"行，行，我说你就住我这儿，我家还有电话呢，可打长途。"

这我就更不能住了。

"别急，还没吃饭吧？先在我这儿对付一口，完了再去。"

我见桌上有鱼，也就借坡下驴，我属猫的，但耗子不吃。鱼是活水里的，我吃得出，酒是小烧，有把子力气。

老安家紧靠江边，这让我满意，晚上能听到水声，并有江风拍窗。进得院来，我一惊一喜，惊的是门里门外出奇的干净，喜的是那老安头有双棕色的眼睛，我将"必须的"放到地上，它马上转了起来，不认生。

我说："你们谈，我在院里抽支烟。"我是想给那个村长一个空，"拼"上一道也合情理，当地的官嘛。

老人出来了："没有电视中吗？"

"行。"

"没啥好吃的。"

"能吃饱就行。"

"那就住下吧，啥钱不钱的。"

我拿出五百元给了老安头，又拿一百元给了村长，两人都推托，厚道着呢。

这是个三间草房，看来是有些个年头了，房上的草灰灰的，窗户还是上下开启的那种，这让我想起童年。

"那就这样？进屋看看，洗一洗，晚上到我那儿取两条鱼，给任记者炖上，家里要没酒就到酒坊灌去，说我说的，老安头会弄鱼。"又低声同那老头叮嘱什么我听不清，村长乐颠颠地走了。

一屋是炕一屋有床，老人说，夏天有时换着住，年龄一大也就怕凉了，床基本不住。屋中有桌，俄罗斯式的，我看得出，在桌上一个显著的位置还放着一个呼机，文物一般。

"老人家，你将室内的物品清点一下，贵重的先放到你的屋里。"

"没啥，你想用的就用吧，我这样的家还有啥值钱的?"

"别这么说，我是不速之客，给您添麻烦了。"

"这钱要不了这么多，你不来屋也空着，也没啥好吃的，不像你们城里。"

"你知道我住几天吗?"

"几天都行，住吧。"

开窗，那江就在窗下，静静的没一点儿浪花，江面上停着对方的炮艇，艇上的水兵褐色的脊梁反着太阳的光芒。

界江，记得去年在对岸，他们的一个作家举着酒杯大声地说:"我恨这条江，它把我们同一块土地的人们隔开了;我更爱这条江，它把我们两个民族又缝合到一起，让我们的友谊像这条江一样，流传世世代代。"说得真好。

我将笔记本擦了擦，在找插座，没有。这难不倒我，屋里的灯头是老式的，拧开了盖就能接插座，小时候看父亲这么弄过。

老人不再打扰我，我把自己摞倒在床上，一种没家的感觉油然而生，想哭。"必须的"跑哪儿去了?

四

这次带有神经病式的出行，再冷静下来也想不清楚是为啥，乱糟糟的脑袋里找不出一个恰当的理由。就是想找个没人的地方待几天，真正没人的地方没吃的，我还不至于想死，也就想到了御史大夫村。那年来的时候，回去写了点儿东西，叫《诗意的栖息》，现在最没诗意的我来了。

办完手续之后，她回了娘家。真的回了吗？即便回了她也不会说离婚的事，我了解她。我没处去，就在家的楼下转着，不想回屋，那室内充满她平时的脂粉气息，地板上游动着她梳掉的长头发，太熟悉了。我这一条野狗在街上，本来想同一个主人领着的宠物同类玩一会儿，这本是我们同类的事，可主人不干了，把我打得够狠，于是我就想找个没人的地方舔舔伤口，吼几声还没人管。然后骂起来，有东西摔更好，有主人算什么。心理平衡了，回到省城可能又是一条好汉。

在完全陌生的农家里还不到三个小时，我就想家了，想她也有好的时候，想她凑近时的温温的喘气，想她哭时的可怜样，想她拎着菜刀奔我来时的杏目圆睁……想那帮酒肉朋友，几天不见，那酒就喝得顺风顺水，几杯落肚一个个人五人六的吹牛，吹有钱壮力，说女人下酒，在一起十几年，都知道个底儿掉，也就过过嘴瘾，这样的日子让我怀念，因为都很生动。

必须待住，药苦它也治病啊，躲一躲或许心情能好些，若真想开了，我就在这儿把离婚的前后写成小说，若能让我心田中有了阳光，我打算好了，就答谢这个小村，找几个穷学生助学。

午后的小村死静死静的，投下的阳光都懒洋洋。本想睡一会儿，哪来的觉啊，我揣起一包烟想到江边坐一坐。"必须的"呢？

它在老人屋里，还上了炕，显得大咧咧主人似的，好像它也花钱了。"走。"它"嗖"的一下跳下了炕，挺有旅游的范儿。

"从这边走，这边是沙滩，带点儿水吧，江里的水不能喝。"心细的老人。他在将院边的一块土刨起来再用脚踩实，比以前平整了许多。

江边没人，沙子干干的，我将长裤脱下来扔到一边，上衣也扒了。裸露有时是一种发泄。对岸也是山，山的后面有人家，理由是山间的小路上有连衣裙在飘动，水边也有妇女在干什么，不会是打鱼、洗东西吧。我后悔没将家里的望远镜带来，去年从俄罗斯带回的，十二倍，红外线。她说，买它干啥？

"咱们对面的楼里常有人'办事儿'，这架是军用的，听说能看透窗帘，今晚就是试试。"

"你不说你有个妹妹在对面住吗？"

挺损的，我没有妹妹，后来还因为那望远镜吵过架。

每年都有机会去对岸，满街的漂亮姑娘，并不认真看，可隔着条大江就想看了，偷窥和正视是两种感觉。两岸都是农民，可生活内容是不一样的，对面的除了干活还玩，像城里人的度假——游泳，穿比基尼，坐在水边吃东西，还唱歌；我们的兄弟姐妹就不那样，有那闲空钻到屋里打麻将。生在江边，江有什么可看的，人家那叫游泳，我们叫洗澡，有冲凉和洗尘的目的。有时也想唱歌，只是没有自己的歌，会的都同香港人学的那种的。

我想喝点儿啤酒，那种冰镇的，有根红肠更好。我点着一支烟。

老人悄悄地从我身后走过，见惊动了我，一笑："来拿点儿鱼。"说着拨开江边的一蓬草，拎出个网袋来，里面"啪啦，啪啦"。

"村长不说去他家拿吗？"

"咱家有。"

一个"咱家"让我心暖。"坐一会儿，抽支烟。""平时我不抽。"但他接了过去。我打着火机，那张脸凑了上来，我见那脸上的纹络规整有序，从眼角成放射状，表面是褐色，纹里泛白，偶有斑点，但显得很干净。头皮黄黄的，绒绒的毛发泛着金色，我猜到他有异国血统。

"今年高寿?"

他手一掐:"啊,七十了。"

"一点儿都不老,身板也硬实。"

"还行。"

"老伴呢?"

"没有。"

我一愣。我俩一样,这让我产生亲切感:"是没了还是没碰着合适的?"

"年轻时没抓紧找就这么过来了。"

不能再问了,属隐私。"您有俄罗斯血统?"

"嗯,母亲是。"

"你长得很中国的,只是眼睛……"

"还有头发是黄的,人一老也掉光了。"

他在瞅着对岸,我发现他那棕色的眼睛很漂亮,年轻时肯定是个帅小伙。

"山后面是什么?"

"特卡涅夫村。"

"再往里呢?"

"涅斯尔河。"

"往左呢?"

"四里多地,科依村。"

"往右?"

"十二里,洛夫娜镇。"

"这么熟,你去过?"

"啊,天不早了,我收拾鱼去,你再坐会儿,江边早晚凉,日头

14

一落也回来吧。"老人走了，沙滩上留下一点儿淡淡的鱼腥味，我又往对岸看去，这次，我也像有了一双棕色的眼睛。"必须的"一点儿都不闹，盯着对岸，还把耳朵支起来，它也想家？它还记得江那面的家吗？

五

不离不行吗？我在想。

仔细想想觉得没有该离的理由，可那些事搅到一块儿给我每天的感觉呢，那是真累。老婆总得有个老婆样，不用你教子，相夫你做到了吗？我这个丈夫做得咋样？我不是没错，但没大错，有那么点儿绯闻，都不是真的，都是那帮酒肉朋友在逗你玩，其实你也不大信。你呢？女人喝醉了，那还有个样吗？你说是工作，领导让去，不好不去。去可以，不喝行不？我也是当过领导的人，一般是两次不喝三次就不带你了，至于工作上，顶多有些许的不满意，万一是个好领导，弄不好还敬重你这一身正气呢。

村长常来看看，除了尊重可能还有些不放心，真记者还是假记者呀，现在的证件可是假的不少。若是真的可别写负面报道，假的就更悬了，破费点儿钱财不要紧，要是拐走个娘儿们损失可就大了。

另外我这儿还有好烟。我为了求个心静就同他聊农作物和经济作物的比例调整、村里的人均收入、外出打工情形分析、孩子教育……表明我真的是省报的，并且还是一个有经验的记者。令我惊讶的是，目前农村人们负担最重的是娶亲，一个媳妇娶到家少则七八万，多则十几万，而且大多要借钱。这意味着，一般的人家媳妇一进门，老公公和儿子猫下腰，一直把老的干闭眼也还不上欠的债。

"老安头就想明白了，他不操那份心。"

"他呀，我也是听我爹他们说的，打小就不像中国人。知道吗？他不姓安，他爹姓啥我没记着，他叫安德列，老毛子的名。"

母亲给起的，平时也这么叫，父亲不反对。

父亲是个做酒的师傅，在黑河城边那个酒厂，那地方现在还有，围墙老高，里面净是洋房，现在成什么博物馆了。那酒制出来就运过江，老毛子喜欢着呢。有天晚上，驻黑河的日本鬼子把那酒厂给抄了，还抓走了好多人，说是"通共"。"共"主要是指江对岸。老安头的父亲藏在运酒的船上跑过了江，到那边日子也好混，张罗个酒坊，还比这边运过去的便宜。不久还娶了个老毛子的媳妇，人说俊得很。说这话也就四十年代初，有天早晨，他浑身是血地游过了江，就倒在我们村的江堤上，不知为啥。界江边上的人们是同族人，亲着呢，抬回来，用草药给他治伤。肯定是有事，人们就劝他伤好了就回老家吧，不说是山东人嘛。他直摇头，说："我有钱，有房子吗？卖我一间，我能种地。"

过了大半年，有个老毛子的娘儿们找到这儿来了，那时的边境紧得很，你说她咋过来的？即便过来了，她还能找到这兔子不拉屎的地儿，挺邪性的。这下更不能走了，带个金发碧眼的娘儿们敢上火车？兵荒马乱的。好在大家都是从关里过来的，不欺生。那娘儿们特能干，心眼也好使，都说这小伙子等得值。

她叫卡嘉，听说在那面是当老师的。咱们这边讲究"嫁鸡随鸡，嫁狗随狗，嫁个扁担扛着走"，没承想她们那边也讲这个，隔着边境还找上来了，好媳妇。转年有了孩子，听接生婆说，那孩子是睁着眼睛出来的，棕色，小怪物一般。更吓人的是，也就生产几天，那

16

娘儿们把孩子抱到外面晒太阳。虽说是五月，可五月的中国最北方风硬着呢，江还没开。不猫月子，行吗？当地的产婆棉衣服穿着不说，窗户得用棉被捂上，月子里受风要做病的。那孩子出生就同别的孩子不一样，孩子就是老安头。

六

鱼做得真的很好，而且不像江边渔民那样用大盆端上来，而是用小盘，干净中还透出几分典雅，每顿都是这样。他还使炕桌，就是一种小桌，也就十五厘米高，放在炕上，北方冬天冷，在炕上吃饭暖和。这种桌在城里已成文物，并当作历史文化讲给现代人听。我很习惯，盘不了腿就拿个枕头来坐。夏天炕显得热，出汗好哇，酒喝得透。小葱一截一截，小白菜水灵灵，那酱呈黄色，鸡蛋炒出来是金色的，还有一盘蔬菜沙拉别致得很，好像用的不是奶油……

"别开窗了，天一黑有蚊子。"老人特温和。

"开，我想听水声。"江风涌进，裹着草的清香，传来一阵"突突"声，江上的炮艇该返航了，宁静灌满了整个的黑龙江。

老安头用小盅，我用大杯，平时我没觉得能喝酒，到这儿就是想喝。村里自己烧的，也不知多少度，喝到嘴里有些个劲道，走哪根肠子都门清。

"喝够就行，别醉了。"

"嗯。"我变得很听话。喝酒时他话不多，也不劝吃，想吃就吃吧，桌上的也是地里的。

"一个人住怎不买台电视？解闷。"

"费电。你要看？隔壁老张家有。"

"不看，不看。"我还知趣。

"老了，又没文化，也就没啥闷的了。"他说的有些个道理。

"晚上您还在学俄语？"我每天晚间都能听到老人的屋里传来浓重的俄语声。

"学啥呀，没有。"

"那您在说啥？我在中学是学俄语的，只是学得不好，听不懂您在说什么。"

"没说啥。"老人把酒盅放在桌上，望着窗外，窗外是界江，"只是，只是说些妈妈说过的那些话。"我心头一紧，在东北，人一上了点儿年纪，就不大叫妈了，顶多叫声老太太。老人叫得很轻、准确，一下子年轻了许多，甚至像个孩子。

夜沉了下来，从窗口望去，对岸山脚下的航标一闪一闪，呈三角状，发出锃亮的荧光，说明有船驶过。界江上很久不用灯标了，就用这种荧光粉，船灯一照上就给指示，让你的航行不偏离主航道，偏离了就属越界。其实在国界上不像人们想象的那么认真，偏离也不太在意，只是容易搁浅。蒙蒙的雾气开始涌了，随着浪声，有风催动，水边的沙响和着草丛里的虫鸣，透着远离城市的宁静，该睡的都睡了，只有我们面前的两杯酒还发出热能……

"一会儿睡时盖上点儿被，江边潮哇。"

安的父亲被绑赴刑场，那是 1946 年的冬天。前方开战打的不是日本鬼子，那时日本鬼子已经服了，是中国人和中国人打。黑河属于后方，后方在搞土改，土改与安的父亲有关吗？他没有一寸土地，即便有也是自己在荒山上开的，东北没人种的土地有的是。他不是地主但他有钱，据说他家的筷子都是银的，人们不知老毛子都使银

18

餐具。他还会说外国话，谁知道是不是骂共产党呢？还有个苏联娘儿们，虽然上边没说行还是不行，但总是个事儿吧，至少是不爱国，你娶了外国的娘儿们，那中国的娘儿们怎么办？还是从对岸逃回来的，肯定是犯事儿了，那就是坏人，是坏人就要打倒，不需要证据。那个苏联娘儿们还是不碰的好，老毛子可不惯菜儿，弄死他们一个人，他们敢弄死一村人，这事在别的地方发生过，况且那时候，苏联是咱们新中国的贵人。至于苏联娘儿们的丈夫就另说了，他是中国人，把他怎么样是内政，是家里的事。

有钱是罪。

卡嘉双手死死地拽着丈夫身上的绳索，身子拖在雪地上，口中哇啦哇啦，谁也不知在说什么，民兵押着安的父亲，安的父亲拖着外国的老婆，在村口的雪窝中蹚出深深的沟痕。枪举起来了，手在抖，这天冷得真有把子力气，喝口酒再说。也就在这时对岸来信儿了，当地的政府一惊就快马加鞭奔了御史大夫村，村口的枪膛是热的，已经倒下好几个了，可安的父亲没死。后来听人说，安的父亲是给共产党做事的，两岸都是共产党，回来的那身血是途中遇到了狼。这事他曾同人说过，我们的同胞不愿意相信，好容易整住个有钱的，要不斗啥呀？打那以后，安的父亲一病不起。

十年短吗？安德列成长着。他最喜欢的是同妈妈到江边，坐在沙滩上，听妈妈讲山那边的一切。有小路、村庄，有狗还有猪，有妈妈的同伴和家……安德列打小就同别的孩子不一样，他干净，他穿的是一种海军服，孩子说是外国的衣服。他饭前洗手，他刷牙，他回屋换鞋，这在村里是新鲜事。

特别是刷牙，刷完吃饭能香吗？

"我不要这黄头发。"

"为啥？"

"三丫说我不像好人。"

"那就跟别的孩子玩。"

"不行，我就要三丫。"

"三丫太野。"

"不，她好看。"

"等你长大了会见到好多好看的姑娘，我的安德列是个漂亮的小伙子。"

"我还是想跟三丫好。"

"那天我看她打你呢。"

"是，那咋办？"

"江那边也有个像你这么大的小姑娘，叫卡秋莎，你长大了，我给你领来当媳妇。"

"好看吗？"

"嗯。"

"跟妈妈似的？"

"妈妈都老了。"打那以后，安德列的生活中多了一个卡秋莎，见没见过不那么重要，他会想象，卡秋莎夏天穿小裙子冬天戴绒线帽，不像这村里的丫头，冬天戴狗皮帽子。

村里没学校，安德列到很远的地方去上学，并住在学校里。母亲突然走了，撂下病床上的父亲和没有回家的他，事先没有一点儿征兆，父亲可能知道，那是国家和国家的事，知道又能怎么样？1957 年，安德列十四岁。

村里人也不大明白这国家的事，昨天还勾肩搭背的，今天怎么就翻脸了呢？不说两国人民要世代友好下去吗？父亲有病，安德列的学上不了了，日子还能过，再瘦的骆驼也比马大。他家衣服有，不合身但总够穿，安德列能打柴，吃的虽缺，还不至于饿死。他知道妈妈肯定能回来，六十来年过去，他每天都这么想。

七

她在干什么？上班吗？还是在家里以泪洗面？哭了好，哭了证明我有价值，证明我比一般人强，证明我们在一起的日子值得怀念，证明她后悔了。若是在反省自己，平时"作"得不对，并且在组织语言如何给我道歉，要我原谅她，那我原谅吗？反之她根本没把离婚当一回事，仍在酒场上笑得花枝乱颤？况且她还算个美女，还没到"资深"的份。我倒后悔了，要是晚几年提出离，在她没有自信的时候，在她走在街上没人回头看的时候，可那时我是什么样？我想起在家看电视时，她猫一样蜷在沙发上，灯光很暗，半睁着睡眼："演到哪儿了？"

凌晨的江边有了桨声，窗下"唰啦、唰啦"挽起的裤脚蹚着湿漉漉的草叶，有筐有篓，有渔网拖地，相互的招呼中也有湿漉漉的感觉，这是一个普通的水边的早晨。老头只有一片网，每天都扔在江边，有鱼我们吃鱼，没鱼我们吃青菜，肉是轻易见不到的，村里没人杀猪，大家都不吃。到城里买？拿到家里都臭了，大热的天。我倒不太想，只是带来的烟抽没了，村里有个食杂店，可卖的烟都不超过六元钱，贵了没人买。电脑几天没动了，写不下去又不能上网，我在想该离开了，心情没见好可也不坏。

安的父亲死了，在 1961 年的冬天。那天雪下得很大，村里人弄个马爬犁，拉着个简易的棺材冲江边去了，一来是生前有话，二来江边是沙土，冬天好挖。有人说："水大了咋办？冲走了。"老人生前说没事，冲走也是顺江而下……安德列跟在马爬犁的后面，狗皮帽子上顶着一条白布，寒风中他更显得单薄而可怜，十七岁了可还像个孩子。界江之上，厚厚的雪厚厚的冰，偶有巡逻的部队，我方没车，排着小队，苏方有车，"突突"声时远时近。

安想过江，他同人说过，过去肯定能找到妈妈，而且还有卡秋莎，妈妈从来不说谎。村里管事的人有些毛，可别让他过去，那叫叛逃，事大了。于是他的家门天天有民兵站岗，那没有子弹的破旧的步枪，不但挡住他去往江边的路，还挡住了说亲的人，一晃二十大多了，没人敢嫁他。

更可怕的是，人们看见他晚上在画图，在一张牛皮纸上，在还没搞清他画的什么时，珍宝岛事件发生了，两国交兵，界江上风云突变，村里的壮年都发了枪，还有子弹。安被抓了起来送往内地，而且事关重大，他画的真是地图，有山有水有路有村庄，还有几个小人……

八

村长听说我要走，拎着一瓶酒来了，还拿只烧鸡。我觉得也不该白来，打算将乡村结婚的花销和农民们的无奈写个内参，边喝酒边将我文稿的意图讲给他听。"没用，好一点的姑娘往城里嫁，出去打工的也就不回来了，娶个媳妇难哪。说花钱多，这还没有呢。"

老安头从不插言，这事像与他无关，可也真的无关。

"他呀？不像活在咱们这个世道里，村上的人是地越多越好，为争一块地都动刀子，可他不，够吃就行，多了往回退，没钱不花。干完活儿就往江边一坐，那水整天那么流也不知他看个啥。"

"我觉得他活得挺好的。"

"好个啥，人都有干不动的那天，到时看他咋整。"

"没人给他张罗个老伴？"

"说过，他不要。"

安蹲了七年监狱，其实他进去就说了，那不是一张中国的地图，是对面苏联的，可人家不信。反复侦讯，又请专家研究，并确定肯定有上下级，有联络暗号，有电台。最后形势变了，再关没了意思。

那是一张母亲家乡的想象图。

"那图肯定还在。"

"让你猜着了，这么多年每天晚上都画，当个营生。"村长说。

"你们没帮帮他，让他……"

"几年前，我带人到对岸去种菜，老毛子人懒哪，那么好的地自己不种。闲时我就到老安头说的地儿找过，他说的画的没一处是对的。"

我心头掠过一丝悲凉。

小村我待够了，鱼也吃够了，太他妈静，狗日的城市，乱糟糟可你离不了。只是江滩可爱，村民们不察觉也罢，知道江滩好的人都在城里住着。我说："咱们今晚到江边喝酒去。"他说："炕头也是江边呀。"也对。

"您咋不问我来这儿干啥？"

"你不说自有道理，问那干啥。"

"我离婚了，心情不好。"

23

老人笑了，我第一次看他笑，慈祥得很。这事值得笑吗？

九

"'必须的'哪儿去了？"我说。

"刚才还在我屋里呢。"

"不会走丢了让人给吃了？"

"不会，这村里人不大吃狗肉。"

酒喝得有点儿多。"你还想你的妈妈？"

"啥想啊，就是瞎琢磨。"

"若见到她你能认出来？"

"差不多。"

"九十多了吧？"

"嗯。"

"恐怕……"

"苏联人能活。"

"那上哪儿认去，六十年哪。"

"她身上有股味。"

"啥味？不会是狐臭吧？"

"特别好闻，她一抱我我就困。"

"是香水？"

"不是。"

"你妈打过你吗？"

"打过，只有一次。"

"为啥，你还记得吗？"

"邻居家杀条狗，我吃了块狗肉。"

"这就打?"

"把全村人都打出来了，直到有人说，以后我们也不吃了。后来她说：记住，世上不该吃的东西别吃。"

反正我要走了，就狠了狠心："那个老人可能不在了，你图上画的也都不对，我到过对岸（为了说明一个道理我在编瞎话）。对岸根本就没你画的地方，即便你的妈妈在又能怎么样？眼前身体还硬实，找个老伴，互相有个照应，这屋里太静了。"

"我知道，早就知道。"老人哭了，两只手一起抹泪，那动作我熟悉，是五岁孩子的习惯。我心一紧，他怎么没长大呢？

早晨走时，"必须的"还没回来，我说，要回来你就养着吧，它是我从对岸带回来的。老人点点头。上车后我发现我的包里多了五百元钱，可怜的老人。

回到省城我第一时间给她打电话，"咱们复婚吧。"

她哭了："嗯。"

"要个孩子。"

"给你生俩。"

半个月后，"必须的"回来了，村长进了我的办公室，环视一番："省城也算有认识的了。"

"老安头还好吗?"

"病了。"

"重吗?"

"那天我去看他，他把这狗交给我，说有机会还给你，转天他就不见了，连同他家的船。"

"去哪儿了？"

"不知道，村里人找了。"

"必须的"从我的膝头跳到桌上，歪着头端详着我，像在说，几天不见你有变化吗？

它的眼睛似乎变大了，透明而清澈，水一样。棕色的云雾中，映出我那张世俗的嘴还叼着的无耻的香烟。我见到它的眼瞳里有山有树有一条江，一条船无帆无桨，老安头平躺着顺流而下⋯⋯

一个父亲

父亲的母亲去世那年，父亲十二岁。

母亲在世时他认为自己是个孩子，一个很小的孩子，晚上睡觉要同母亲盖一床被，要抱着母亲的胳膊才能睡着。早晨醒来要先摸一下母亲躺下的地方，一般母亲不在，母亲要早起，要干很多的活儿。父亲不管，就"妈！妈！"一声一声地喊着，直到母亲边擦着手，冬天时还要搓着手进屋来，这时的父亲就让母亲拽他起来，帮他穿衣服，母亲总是先将她的手放在被里暖一会儿，再摆弄自己的孩子。

父亲为啥这样？不像个十二岁的孩子呀？乡村的十二岁是个很大的年龄，是个能干很多事的年龄，打架不找家长，放学时看见路上有根木棍也要捡到家里扔到柴火堆上，见到自家的猪跑了出来会撵着赶回家去。

而父亲比别的十二岁孩子小，小的标志是赖着母亲，别的大人没少说他，说他该长大了，该他帮母亲分担点儿家事，让母亲少为他操心，别一整就哭，就转身找妈妈，咱农村的孩子不这样。

每当有人说他，他就眼睛直直地看着人家。

母亲从不说他，就是不像别的大人那样说他，还把他当一个小孩儿哄着。为啥？他爹死得早，这是冲父亲这么说。父亲的父亲真的死了吗？有这个疑问是父亲在五岁时就开始想，因为听大人们说，父亲的父亲不是真死了，是在一个夜里偷偷地跑了，跑走的背影像小偷，跑了后就再无音信。

父亲的父亲是个知青，是这个小屯里的最后一个知青。

那么，母亲就没有找过他？大人们说，找过，没找着。等好多年后，父亲知道，母亲不是真找不到，是不找，找到有什么用？他想走就没想回来，那找到了又怎么样？好在有他呢，那时候父亲已经一岁了，会走了，好玩得很。

母亲就这样过着，父亲就那样往大长着。

娘俩的关系同别的人家不一样，所以父亲比别的孩子长得慢，父亲好像也不想长大。

母亲也打他，甚至是狠狠地打他，那是因为他逃学了，也像别的孩子上山上抓鸟去了或到河里去摸鱼。别的孩子可以，父亲不行，不是父亲自己不行，是母亲不允许他同别的孩子一样，他就不敢逃学。还有就是考试不好的时候，啥叫不好？是没及格？不是，是没考第一。考第二行吗？不行。别的家长都行，可母亲不行，坚决不行，于是就打。为啥不行，那时父亲还想不清楚，别的孩子要是考进前十名，回家大人给煮鸡蛋呢。

一天，母亲病了，说是头疼。"没事，你上学去吧。"上学回来，母亲还是头疼。两天头疼，第五天还是头疼，头疼得不能下地了，不能说话了，于是就有乡亲抬着去了城里。再回来的时候就是很重很重的病，乡亲们又说："都是那个没影了的死爹害的，这丫头嘴上不说，心里可做下病了。"

父亲的母亲不能下炕，父亲就什么都会干了，会淘米做饭，母亲说，将饭勺平放在锅里的米上，水正好漫过勺沿就行，要看着火，火苗够到锅底就行，一有饭味就不要添柴了。还能上山能打柴，冬天也有一个小爬犁，用柴刀砍树上的干枝捆到爬犁上，从山道上往下拉，那背影不像牛也不像马，像一只会拉爬犁的狗。老母鸡抱窝了，父亲会拿着鸡蛋照太阳，挑出能出小鸡的鸡蛋，并会盯着母鸡，母鸡出去找食吃了，就将一个小棉被盖到鸡蛋上。猪不养了，家里的活儿多，干不过来。

在学校考试还是第一。

乡亲们说，人这东西真怪，说长大，一下子就长大了。

父亲最会的是下跪，村长又让父亲过来取点儿吃的，父亲进屋就跪下说："谢谢！叔。"村长摸摸父亲的头，"这孩子会有出息。"

邻居三婶过来给父亲做棉裤，父亲就跪在炕沿上让三婶量腰身，眼睛直直的，把三婶看笑了。

大热的天，弄盆水将毛巾拧得适中，给母亲擦身子。母亲哭了，"好好上学，长大到城里去上班，也搬到城里去住，让你那死爹看看。"

"死爹"还能看啥？可这是母亲说的。

母亲死了，有乡亲抬着放进大红的棺材里，让父亲跪在前面，一句一句地冲天喊着："妈妈！躲钉啊！妈妈！躲钉啊！"

多少年之后，父亲想明白母亲那时的想法，一个让自己长大有出息的念头，一个父亲对另一个父亲的复仇。

中学毕业后，他考的是个师范学校，这学校不要钱还给钱，父亲能念下去。悲哀的是毕业后又回到了那个小院，回到了那个他和母亲的家。父亲在乡上的学校教书，回来时是两个人，那个女同学说，咱们养几只羊、一群鸡、两个孩子，男孩女孩都行。要是还有愿望的话，就是有一匹马，不是拉车或犁地的马，是养着让它在原野上撒欢儿、从杖子外探进头来、长着双眼皮的马。

孩子出生了，是个男孩儿，父亲成了真正的父亲。

真正的父亲一身的力气。下课之后他骑着自行车就往家赶，到家后身上的粉笔灰还没掉呢，撂下扫把就抄起锄头，抱着书本，倚在杖边的妻子笑眯眯地看着。

院子里种果树了，是那种到秋天红成一片的果，还有杏，黄黄的杏，将一块空地弄成菜园，春天种上小白菜、小葱、小萝卜；夏天换了，柿子、黄瓜、豆角、茄子；秋天是大白菜、大萝卜、大葱。

妻子说，杖子边种上蔷薇吧，还有牵牛花，父亲知道种花的意图，是用来给妻子写诗的。

从院门到房门架起了枝条，葡萄爬满了藤架，晚饭时在藤下放着餐桌，有夕阳透过，桌上和碗里都开满了阳光弄成的花。

羊是养在后院的，那只小羊同儿子同岁，儿子就管那只大的羊叫羊妈妈，因为他也喝它的奶。

父亲给儿子做了个秋千，有这秋千，儿子交了好多小朋友。

春天，父亲的小家是村里绿色最多的地方；夏天，是蝴蝶最多的地方；秋天，是蜻蜓最多的地方；冬天呢？是村里唯一有雪人的院子。

妻子说："这就是我想象中的家。"

父亲："嗯。"他打开后窗能看见母亲的坟。

若没有别的情况，这就是他们的一辈子，父亲会老，妻子也会老，儿子呢？会去远方吧。

"别的情况"妻子不会发生，她说："跟我小时候梦里的景象一样，田园，像一首歌一样，就这样过，不想别的。"她的父亲来过，院里院外走了几圈，说："等我退休了能来吗？冬天不在这儿。"这儿的花香和草味闻上几天就想写书，想让熟人都看看啥叫福分。

儿子也没什么"情况"，每天院里院外都玩疯了。儿子的妈妈说："咱这孩子就散养，不学钢琴，不学画画，不学城里的孩子，让他的四肢和脑袋像田野上的草一样自然地生长，而成为未来的大地之子。"

"情况"发生在父亲身上。

那天，有两个人在远远近近地看着父亲的家，看了几遍之后，将父亲约到一个没人地方，说："你的院子卖吗？"

"把你的工作调到城里去，在城里给你一套住宅，还给一大笔钱。"

他们要在这儿开乡村旅馆。

"我们这儿的土地不让卖，有政策的。"

"租也行，三十年。"

搬到城里去？建设现在这个小院，已经给妻子和儿子一个惊喜，她们过得很愉快，要是搬到城里去呢，是不是一个更大的惊喜？

"到城里去，给你那死爹看看……"母亲的梦。

惊喜就要弄个心跳，让人喜得无法无天，让一切都觉得是我们的。把惊喜做成海浪，悄悄、慢慢地往岸边涌，无声无息，等到岩头"啪"的一下惊天动地。

于是这个父亲开始运作这件事了。他悄悄地往城里跑，城里来人他总把他们带到没人的地方谈事，只在一天晚上告诉妻子一件事。

"我要是调到城里上班行吗？"

"为啥？"

"城里挣得多，比现在多好几倍呢。"

"路够远的。"

"车还方便。"

"你想去就去，我不去。"

"以后呢?"

"再说，现在不去，乡下挺好的。"

　　这就好办了，父亲紧锣密鼓地进行着。给他的房子他看了，是有电梯的那种，打开窗户像在云彩里，也够大。工作调到城里的一个小学，虽然也是小学，可是个电视中那样的小学，教室是楼房，操场是塑胶的，当老师的人人一台电脑……

　　还有，还有一大笔钱，他不知道在城里人的眼里算不算是一大笔钱，可在父亲的眼里，那可是不少，不少到父亲睡不着觉的程度，当看到卡上出现这个数字时，他狠劲地掐自己的大腿，过了好多天都觉得这不是真的。

　　那天又到城里来，他有了一个把自己吓一跳的念头，就是什么事都没有时，在城里住一宿。至于住一宿干什么，就是想看看城里。上学时也在城里，可那时他不上街，他觉得这街不是他的，走在街上像只耗子，哪块儿人少、哪块儿背人去哪儿，去了也是低头走，因为在别人的注视里能读出自己是乡下来的，别的乡下人也能读出来吗? 也许不能，因为父亲的衣袋里没钱，没钱的乡下人自己就有个乡下人的样子了。

　　现在有钱了，于是他想在城里住上一晚，不带儿子和妻子，就自己，了却一种心情，好像想挖掉乡下人的印迹，可要是有人问他，是吗? 他会不承认。

　　晚上走在街上，也怪，城里人不像以前那么瞅他了，瞅他的眼神同瞅其他人一样，他们咋知道父亲的兜里有钱，一个小区里还有住房，一个城里的单位还有他的一张办公桌？他同城里人就这样突如其来的一样了。

世界上就妻子和儿子没看出来，除了他们知道父亲到城里上班去了，每晚坐客运回家，下月工资比在乡中心校多很多之外，她们什么都不知道，也不想知道，因为家里的小院正逢秋天，万紫千红的。

有了这个小院，她们两个好像什么都不想，更让儿子什么都不想的除了小院，除了秋千，还有他养的一条小狗。那只狗是放学的路上跟他来的，就在路边，看见儿子就跟着他，跟他进村，跟他进院，跟他进屋里吃儿子给的一块饼子。小狗很乖，只跟儿子好，他到哪儿小狗就跟到哪儿，儿子的心醉了。

不想好哇，越意外惊喜就越大，越让他俩觉得世界太美好了。父亲就这么想着。

得到的住宅是装修好的，好像有人住过，但不是人家，后来父亲才知道，这种房子叫样板房，有时也用作盖房工地上临时办公用，父亲觉得这不重要，还是新的，还很干净。于是他就用口袋里的钱去买家具和用品，乡下的东西都不要了，我们要干干净净、利利索索离开乡村。

买的东西都按照他俩喜欢或是他俩应该喜欢的去买。父亲动了太多的脑筋，吃了很多很多的苦，云彩上的家终于弄好了，弄得他非常满意，他站在门口瞅着瞅着就笑了，瞅着瞅着就哭了，父亲的母亲没有看到这个家。

他还有个恶毒的念头，等家都安排好了，他就抽出时间去打听那个"死爹"，找到他，但不跟他说话，还要另一个父亲知道他是谁，最好还要通过什么办法让他看见今天的家、今天他的妻子和儿子，最好看见父亲的父亲在小区的门口跪地痛哭，说他错了。

那是个秋天将要离开的日子，早晨下了一场初雪。

父亲神秘地带着妻子和儿子进城，妻子的童年和青年住在另一个城里，这个城里也不常过来，上学的时候她说她不爱上街，她说她不喜欢城市，她从不把乡下叫农村，她叫乡村，还写了好多有关乡村的诗。

进小区，是用钥匙开的电子门，这让妻子疑惑地看着他：“你带我和孩子到谁家？你怎么会有门的钥匙？”上电梯了，儿子很兴奋：“原来电梯是这样啊。”

房门打开了，新新的房间，各种用具齐全地摆在该摆的地方……

“这是谁的家？”

“我们的家。”

“怎么会？”

“就是我们的家，以后咱们就在这儿生活。好吧？”父亲得意扬扬。父亲非常自信，父亲从没像今天这样美梦成真。

“怎么弄来的？你买彩票中奖了？”

“你先跟孩子坐下我再跟你说，躺下、打滚儿都行。”

妻子挪到沙发上坐下，儿子靠着妈妈，他们还没醒过来，父亲开始说了，说得神采飞扬，说得就是天上掉馅饼。

“那我们以前的家呢？”

“不要了。”

“不要了？你跟我商量了吗？你跟孩子商量了吗？”

"这么好的事还商量啥？我就是想给你们一个惊喜。"

这时，门铃响了，说一搬家公司将妻子的衣物和孩子的书包运来了。

"这是搬家？别的东西呢？"

"不要了。"

"你说不要就不要？家里的饭勺都是我买的、我用的，你说不要就不要？"

两个大人吵起来了，这是他们自结婚以来第一次吵架。

父亲蒙了，本来的策划是个大大的惊喜，怎么变成吵架了？这房间多好哇，外面地上有雪，屋里温暖如春。什么都是新的，床是城市人住的那种，软软的，儿子自己有个房间，小床也是软软的。

可是两个人的脸都在阴着，儿子说："我的小狗呢？"

父亲突然在策划的惊喜中变得焦头烂额："明天我回去看看，车上不让带。"

妻子吵了几嘴之后，突然无语了，一声不吱，就在屋中坐着。到了吃午饭的时候，是父亲做的饭，很简单。

在策划惊喜时，父亲有其中一项，在娘俩欢天喜地时再带她们到附近的饭馆撮一顿，要点好菜。

妻子说："不去。"态度冷冷的。

既然已成事实就试着适应吧。孩子没办法，总要跟着大人走，那天他哭了，说家里没有秋千。父亲说，那好办。上街买了花色的绳子，弄块漂亮的木板，就拴在阳台的棚上，儿子坐上去悠了几下，跳下来大喊着："不是这样的！不是这样的！"哇的一下哭了起来。

家里乱了。

妻子整夜整夜地失眠，因为城里的床这边一动，那边就知道，跟炕不一样。妻子瘦了，妻子不高兴，妻子常常失神地盯在一处。有天半夜突然说话了："咱那鸡和羊呢？"

"作价卖给他们了。"

"咱们搬回去吧。"

"我也在想这事，你俩不痛快就不是咱的日子。"

第二天，他们揣着剩下的钱，坐着车赶回小村。傻了，家里除了房还在，其他的都被推土机给推了，人家说要多盖一些房子。鸡没有了，一个横杆上晾着三张羊皮，都有些干了，皮上出现一朵朵紫色的斑花。妻子一下子晕了过去。

后来，父亲找过人家，说："城里的房子我们不要了，还给你们，工作也退了，我还回乡里中心校，钱也还给你们，花了的你们要实物更好，不要我慢慢还，反正以前的家我不卖了。"

"那怎么行？有合同的。"

"我买回来行吗？"

"那可不是你卖我的价了！"

"那什么价？"

人家说了个数，父亲两腿一抖，头一下子老大了。

妻子病了，儿子说上学那个小学不好，连一棵树都没有。那条小狗不知为啥，死了。

妻子的身子稍好些，说了一件更大的事，她的妹妹在美国开了一家超市，说了好几年了，让她去帮她，她没答应，现在她想去了，把孩子带着。父亲也可以去，但得过几年，一是签证，二是等他们在那边站住脚。

父亲无语，妻子说了："你不是要住城市吗？那边的城市比这个城市大好多倍呢，是整个世界最洋气的地方。"

上飞机时，父亲抱了一下儿子，儿子说："爸爸，我们还能有以前那个家吗？要是还是以前那个家，我就不去美国了。"

现在，妻子和儿子还是去美国了，父亲从机场回来没有回小区，去了生他养他的小村，他站在打桩机轰鸣的家的面前，哭了。

再找人家谈，价钱又涨了。

父亲回去把小区的房子卖了，又租了个小房，他白天上班，早上到早市去卖菜，晚上下班再上些水果到夜市去出床子。春、夏、秋、冬。

那天他认真地把挣的钱算了一下，自己笑了，因为买回家的钱够了。第二天，父亲兴冲冲地去了那家公司，人家说不是以前那个价了，现在整个市场都在涨。

又是一年，他终于将原来那个家买回来了。老邻居说，生意不好，这院都空半年了。

买回来的家可不是以前的样子了，以前的菜园子盖上了房子，以前的院子铺上了水泥，以前的房屋格局完全变了，门前的小树没剩下几棵……

父亲要重建家园。

学校放寒假了，他带个施工队回来，把不是以前的房子扒了，把院子里的水泥地面刨了，乡亲们围观着说："水泥地面多好，干净，不怕下雨，下雪时也好扫。"

父亲不听，因为以前没有这些。

房子扒完后的地里也不能种菜了，水泥地面下的地方不能种葡萄了。父亲要到山上去挑土，别人都劝："那得多大的工程，人受得了吗？"

别人可能受不了，父亲受得了，整个一个冬天他车拉爬犁拽的，将一块块黑黑的冻土拉回家来，大年三十的晚上别人家在过年，他还在山上刨土块呢。乡亲说："这小子真犟，有空就帮他一把。"

春天来了，土块在地里开始化了，他平整着土地。三年前种什么现在他还种什么，一切按照记忆，一切都在恢复着记忆，只是父亲有些老了。

妻子在美国常有电话来，说出国混日子也不容易，有好几次想回去。孩子说话的时候不多，妻子说，孩子倒挺适应，语言不是啥障碍，跟学校的孩子玩玩就会了。

父亲又在准备惊喜了，他想等到秋天，因为秋天时的小家最美、最有诗意、最万紫千红。

秋天快到了，他正式地让妻子和儿子回国一趟吧，探亲也行。他相信他重新建设的家不但同以前一样，父亲本人也变了，他不再想找那个"死爹"了，他原谅了他，他甚至理解一个城市青年在乡下的不愉快。

妻子理解他，可她实在回不去，儿子倒可以回去住些日子，父亲心安了，只要儿子回来就行，他还为儿子重新挂好了秋千，也养只小狗，据说这狗是纯种狗，聪明得很。

十二岁的儿子居然显得很大，比父亲的十二岁要懂得多多了，他是一个人走出机场的，拽着一只拉杆箱，同大人没什么区别。父亲上前抱他，说他长高了，长大了。儿子很有礼貌地同父亲说着话。

父亲等不及了，雇个小车就奔原来的家，儿子出国时说的，儿子特喜欢以前的家。父亲觉得儿子会高兴的，高兴中他会不会说，美国不回去了，让妈妈也回来。

小车绕着出城了。

"爸，这是去哪儿?"

"一会儿你就知道了。"父亲没有应该有的愉快，反倒有点儿不安，哪来的不安？

车开到了家的跟前，儿子在前面走，父亲在后面跟着，他们两个的身份好像颠倒了，父亲在想，上飞机时你说的话我做到了。

儿子站在院门口说："爸，我想起了很多，我想起了我的小时候，对，记忆里的秋千就在这儿，我还梦见过呢。咱们不是把这个院卖了吗？"

"我又给买了回来？"

"为啥？"

父亲愣了，你说为啥？

儿子屋里屋外地看着、说着，也是很高兴的，只是没有父亲想象的高兴。父亲为他做了乡下最地道的饭菜，儿子也说好吃。眼瞅着到了晚上，儿子说："我在城里订了宾馆，咱们回去吧，你也可以在那儿住。"

父亲说："在家住不行吗？"

"我看了，不能洗澡。"

"你什么时候订的宾馆？我咋不知道？"

"手机上订的，刚才。"

儿子走时没回头，上了网约车之后他说了："不用你送，明天去宾馆接我就成。"

我知道这个父亲蒙了，这回他死定了，因为这个父亲就是我。

愉快的发行

一

卡和、摸宝、三家门清，六只眼睛盯着我推倒的牌。我得意，顺手去抓桌上的烟盒，都是空的了，看看烟缸，半截的也行，眯起眼睛。

"时间很紧，上款要快，一人三百六。"

"到点了，我们部门上午开发行会，走吧，这一宿真他妈累。"

"走，走，走。"有人附和。

"讲究点儿行不？我输了。"我把腿横在门口。知道拦不住，这赖咱也玩过。

"不说有早点吗？"

"滚。"

十一长假的最后一天，哥几个总是"作"个昏天黑地，明天，明天就该驴上套，马驾辕。我将匣里和铺上的钱点了点，还输二百五十元。水龙头哗哗地响，闭上眼睛，真的有点儿困了。八千，八千不是钱，是今年我的发行量。

三儿推门进来："过瘾了？啥世道，有钱人讲健身，一帮穷光蛋耍钱玩。"

"你这洗发剂是地摊的货。"

"将就吧，昨晚听保安说，你们这屋抽烟把火警器都给鼓捣响了。"

三儿是我的中学同学，儿时在一起撒尿和泥的主儿。在班上我的学习还过得去，他的课程都就饭吃了。毕业时我到省城上学他到这儿来打工，于是每逢见面，他总是低三下四的。四年后，我到省报当记者，他成了包工头，我请客也总带着他，可以帮我埋单。十五年后我还是记者，他开了这家酒店，店名叫"临风"，我给起的。

"早晨吃点儿啥？"

"不吃，睡觉。唉，那个小姐叫啥来的？"

"你老婆昨晚查岗了，我说你蒸烟草浴呢。"

二

上班就打电话，报社规定，这月的电话费实报实销。十月，要命的月份，明年报纸能发行多少，就看这二十几天，我把俩腿撂在桌子上，下巴咬着话筒，窗外有黄叶扑打，秋菜的叫卖声时远时近。我讨厌这声音，一有大葱和土豆上市，一年就快到头了，心中不免有些焦虑，日子过得快又觉得啥都没干，人也就这样变老了。

报纸也他妈像秋菜，只是比秋菜更难卖。洗楼，拎桶豆油或别的什么，挨着门牌敲人家门的活儿我们不干，那是晚报的干法。我们是大报，有些个身份，也算倒驴不倒架。还是以公款订阅为主，我们主要是做各级宣传部的工作。他们组织订，给一部分提成，给多少看关系，一般不超过百分之三十。公款也不是随便花，大报不是我们一家，订哪家、订多少没个规定，可钱是有数的。主要看哪

46

级工作做得到位，公款也是人掌握。做工作落实到人，于是我们就分区包片，有些像几十年前的农业改革，分给我的是满京市。

"去年是六千哪。"

头儿说："去年？我看你去年喝得红光满面的，没费多大劲。"

"喝吐血三回，还卖过一次身。"

"吐血不至于，卖身有可能，满京五县的宣传部长有三个是女的，今年还这么干不算你违纪。"

"那可是个力气活儿，也有提上裤子不认账的时候。"

"事先讲好哇，一次一百份就中。给支烟，拿好的。"

"那几个部长？嗐，都像咱妈似的。"

"一切为了工作，别挑挑拣拣的。"

我的头儿是我的大学同学，一个寝室的。

满京市的宣传部长姓胡，好酒量，人也仗义，平时找他报点儿饭票子没打过"奔儿"，我能做的是给他发点儿小稿或为他压住各渠道上来关于满京市的批评稿，于是他那宣传部长做得顺风顺水，只是年龄不小了，没了上升的空间。

"胡兄，这几天在市里吗？"

"说事。"

"给你送钱去，今年的发行费多了五个百分点。"

"又是那破事，今年不好办，乡下遭灾，市里和各县的办公费都减了，订报这块一个部门只准订三家，大报咱惹不起，《满京日报》又是自己家的，订还是要订的，只是没去年多。"

"别的呀，我现在订票，晚上见面时再聊。"

"我马上去北京，一周后回来。"

"那我先往各县跑跑。"

"通气会没开呢，白去，灌一肚子酒事还不成，等我回来吧，能保去年的数就是一炷高香。"

"那我在省城等你，反正你得路过这儿。"

"通电话。"

三

像房檐上的腊肉晾在这儿了，这周我干啥呀？

同老胡是朋友，认识好多年了，没发行这档子事还是朋友吗？也能行，酒能喝到一块儿。即便是朋友不见得不留一手，压下的批评稿我都没扔，时不常地通知他一下，把事情说得厉害些，证明我在帮他大忙，别心里没数。我将俩腿从桌上拿下来，拿钥匙打开最里面的抽匣，有一叠材料。一份是满京市某砖厂，还用三合土烧砖，已经吃掉农户几十亩土地，农户告到市里，总没结果，找到了报社，压我这儿有半年了；另一份是松花江下游一个县送来的，满京市的造纸厂没上清污设备，泛着白沫的水没羞没臊地进了松花江……

这些东西怎么都在我的手里？我负责的版面叫"今日点击"，以社会问题新闻为主，荤素不戒，见人一张笑脸，可背后有个带刺的狼牙棒呢，要不我怎么会成发行大户呢？同事们说我，一年完成发行任务，光提成就能开家一辆轿车。哪有那么多，大头都给人家了，这年头哪儿不上油哪儿不转转，我就能剩盒烟钱。

掂着这些材料，我笑了，阴阴的。老胡哇，不是我姓任的不讲究，实出无奈，我也嫌这招儿俗，没智慧含量，可真把我逼到无路可走，也只能这样，因为订报是公款，那就不是你个人的事了，光凭感情不见得成事。这招儿真要出手，我自有退路，署上一个笔名，

48

我就成了中间人，老胡那面我自然帮忙，一副为朋友两肋插刀的侠肝义胆，只是会说，摆平很难，领导在稿上签了字的，除非上头说话，我做责编能拖几天，不上版恐怕不行，如果……老胡是个老宣传了，自然心知肚明；至于这面我装神弄鬼一个人，再待机而动，只要不穿帮，就是狠招儿。

现在的人都怕事，谁知哪棵秧下带出泥来。

轻易不会用，我们毕竟是朋友，还担心万一不灵，他们"死猪不怕开水烫"，认了，我将里外不是人，毁了半世英名。但我相信，做官的都明事理，不能因小失大，虽说订报没啥用，订多少都没人看，可没人看的是表扬文章，批评的就有人看。还有人借题发挥，说不上能鼓捣出别的啥事来。

老胡去北京的这周，我就准备这件事，不用更好，用了就要击中要害，让他乖乖地就范。别跟我较真儿，影响到个人可不是闹着玩的，个人的事再小也是大事，公家的事再大能大到哪儿去？我寻思，第一步要到现场充实材料，主要是放出风声，惊他们一下，若效果好，他们自会来叩报社的山门，发行的事就好办了。弄这个鬼，我的领导怎么看我？没事，发行上不去，报社腰杆就不硬，就吃啥啥不香，就在省里不好报账，若事露了当人面也说我几句，可奖金不会少。去现场，我自然不会亲自去的，我不傻，干小二十年记者，虽名气不大但熟人不少，每到一处，虽不是妇孺皆知可也鸡鸣狗跳的，传到老胡的耳朵里，我自然落个不讲究的名声，况且也没了回旋的余地，做不成中间人了。拿批评稿换订数，完全是"以物换物"，还有要挟之嫌，没有科技含量。在小报社找几个小兄弟，他们干记者虽无长进，但"敲竹杠"的能耐大了去了，吆五喝六的，我不就要个响动吗？至于第二步写稿子，那只能我亲自操刀，我知道他们的痛处在哪儿。

弄出了响动，那就得摆平，小兄弟们弄个千头八百，自然屁颠屁颠的，剩下的就谈发行了。

晚上请客，人不要多，事要周密。我损吗？我从没说过我是好人。

局设在聚仙楼，是涮锅子的地儿，那包房的灯安得讲究，带罩的，能上下挪动。我把灯弄低，四个脑袋在灯下碰杯似的，像国民党特务，或像几个农民工在商量第一次的抢劫。

三人一抱拳："大哥……"满桌的江湖豪气。

"这是给我们哥几个饭吃，教我们怎样当大记者，你就说咋干吧。别说还有事，就是没事也能掏出点儿事来，要不是那个胡部长有大哥罩着，我们早折腾他了。"酒还没喝呢，就把他们弄得红光满面的，为什么人做坏事时比做好事时有瘾呢？

我大致说了一下事情后，叮嘱细节：先打电话找当事人核实情况，要与自家报社的领导打招呼，出发点是为民做主，是整事不整人，一旦行动要有理有据。去时最好不要开车，衣着要朴素，说话要温和，拿采访本，笔要很专业的那种，要显得有些个文化，最好戴个眼镜，像个好人似的。饭可以吃，不要喝酒，给礼品不要收，拒绝时要显出不是那种人，别见钱就乱方寸，像见着女人似的，用余光瞟也不行，哼哈不动才有力量。工作的重点是为民请命，当英雄难为你们，可装总不难吧？

"别的都好说，这见着钱了，心里有点儿没底，既然大哥说了，那就咬咬牙，估计能挺过去。"

"这条最重要，不是不要，是选择时机和基本数，做事要有节奏，掌握火候，你们总问我，大报记者和小报记者的区别，这算一种，素质呀。少说话，不张扬，像个见过世面的人，别见着母的就上，都拿本记上。即便收了，还得谢谢咱，收的时候不要用手接，让他们悄悄地放进包里，你要装着不知道，离开后千万不要再提，不要说什么谢谢了，他要点你就把话岔开。事是要办的，即便露了那叫受贿，没办叫诈骗，名声不一样，法律上更不一样。"

"服了大哥，听您一席话，觉得我们四年大学和几年的记者都白干了，您再说。"

"倒酒。"

"哎，您说，这学问是属于新闻学呢还是社会学？"

把你改成了您，这让我很受用："表面看是中国新闻学，其实个中的道理是哲学。我用近二十年的经历才学个皮毛，操作起来还有不到位的地方，要不说活到老学到老呢。不过，这次行动例外，见着多少钱都不要收，兄弟们的亏损我会找时间补的，就算帮大哥的。"

"外了不是，听大哥这番教导，就把我们的辛劳顶了，还提啥钱哪，这顿饭我们哥仨请了，来走一个。"

"大哥，我看以后您就领着我们干，像个组织似的，您在大报，大报领导小报是应该的。"

"说组织忒俗，就弄个工作室，我看这市场还可以。"

这几头蒜要犯浑，话不能再说了，扯别的吧，如女人。

那天酒喝得真顺，好像离呼风唤雨挣大钱的日子不远了。临出门，秋风一涌，我的脑门紧了一下，遂发布最后一条训令："回去看材料，没有我的电话，谁也不能动。"除了这招儿我还有别的招儿呢，狗日的发行，逼良为娼的买卖。

四

老胡在北京上飞机前说，若方便接他一下，还住上次那家旅馆就行。我求人家，人家也就同我不太客气。上次？我又阴阴地笑了。

那次他来省城，我即尽地主之谊，又想少花几个，就安排到三儿那儿，酒店虽说不大，倒也够格，干啥都方便不说，还受着上宾的待遇。服务人员都知道是我安排的，便客气了许多，我像是那个酒店的二老板。一号套房轻易是不接客的，酒席可安排到外间，吃啥不受菜单上限制，想吃啥现买或到别的酒店订，吃完可以打牌，卫生间带桑拿。那次我在市场买了十斤蟹子，大盆端上来，很是壮观。

第二天一大早，我来探问："昨晚睡得好吗？"

"有电话吵，还不是一个，甚至还来敲门，声音柔柔的。"

"你咋办的？"

"在最关键的时候，我想起我是党员。"

"多悬，要撂到我身上，可就难说了。"

"这成啥了。"

后来我打听了，老胡真的守住了贞节，我说："像你这样的好人可不多了，嘴边上的肉再怎么的也得叼一口，这绝对安全。""这我知道，还是怕。""其实也没啥，犯过错误的生活才有声有色。"那晚我陪他住，既然他是"党员"，我陪一下就是热情。在醉酒之后，我们聊得掏心。"想听真话？""说。""你哥我不大行了。""怎么会呢？五十几岁正当年。"

"以前我在乡下当老师，那时啥也不想，一个月三十几块钱，只要按时发就行，晚上没啥事就跟你嫂子做'功课'，也上瘾。后来到镇上当了助理，离开了家，也觉得前途有戏，性趣淡了许多。因为能写材料又到了县委办公室当秘书，那是祖坟冒青气的关节，脑子里全是如何进步的念头，偶尔回家，老婆一凑，我觉得她忒俗。那时的满京还是县呢，当官好哇，我家祖祖辈辈没出过一个科长呢。在工作上是铆上了，每天晚上大楼中唯一亮着灯的就是我的办公室，重要文件和有关领导讲话我都背个八九不离十，有时还给报社写稿，当然同大领导没关的我不写。也学着搞关系，比我官大的我都得察言观色，咱乡下上来的头皮薄哇，哪个领导不高兴我先反省自己，楼道里见到大书记，若打招呼他没理我，我这半个月就睡不成一个囫囵觉，甚至把三十年前的事都想一遍。每天都是一惊一乍的，生怕哪件事做得不对。我没钱，送不了大礼，小礼人家收了我会高兴好多天，若大领导扔给我一支烟，那是舍不得抽的。由副科长到科长到副部长，我一点儿都不敢走神，等我当上了副部长算是能喘口气，回头看一眼老婆时，她怎么一下子变得不成样子，躺在床上一堆肉，睡觉还打呼噜，想想快二十年没干那事了。"

"我不信，这二十年你干闲？你可是管宣传的，漂亮姐多了去了。"

"不是怕出事嘛，后来孩子一大又不好意思了。"

"没说实话，一点儿坏事没干过？"

"我活得挺亏呀。"

"你想不想呢？"

"当了部长之后有时活动活动心眼。"

我真觉得他挺可怜，又下楼整了四瓶啤酒。

这就是那个"上次"，我心里有些个数，想来他去北京可能有点儿辛苦，辛苦了就想放松一下，我隐隐地感觉发行的事有点儿见亮，只再使一个小绊就行啦。

还是一号套房，老胡进屋一打量，有回故乡的感觉，我这时像把发行的事给忘了，一色的兄弟情谊，说些路途劳累，多日不见甚是想念。好烟名茶，洗澡盆里的热水中还漂着紫色的花瓣呢。

老胡是个明白人："你小子不会再给我加码吧？年底的宣传费确实紧，要不我自己订一份吧。"

"别说，啥也别说，这次咱哥俩见面，谁要提发行的事谁是孙子，下周我去满京再聊，去也是例行公事，行则行，不行拉倒，都是公家的买卖，别把咱俩的情分搭里。这次就是喝酒，就是让您一身的辛苦都扔在我这儿，别回家给嫂子添麻烦。"

"这次确实累，儿子要考研，这几天报名，我去打点一下导师，白花花的银子呀，还不知外语能不能过。我先前以为大知识分子总得有个谦让，即便收了也让我心里好受些，没承想他们也黑着呢。"

"他们也是凡人嘛，不奇怪，好在读书的人多少有个底线，头皮稍薄点儿，有五万能砸他个半死。"

"就是这个数。"

"那你就把心放到肚子里，好在咱是儿子，若是姑娘说不上还搭啥呢。"

"那我还占便宜了？"

"可说呢，到我这儿你就把这事撂下，话说回来了，父母该做的都做了，于心不亏，考上考不上是孩子的事，你家公子错不了。再说了儿孙自有儿孙福，好多事情是天定的，先简单洗一洗，然后咱们开喝，阳澄湖的闸蟹个个活。"我遂出屋，有要紧的事办，就是对两个女子的培训。

这次我是动了心计的，除了准备一盆假闸蟹（真的除了贵还没处买去），还弄了两道"硬菜"。同三儿说，找两个衣着不太俗的，最好有学历，模样差不多就行。三儿说："别玩大了，把自己扔里去，那只有给我打工的份了。"要不得培训呢。

三儿有些个见识，找来的说是大学生，也不太像，但俗得不太彻底，看来是刚入道的，这让我心落实了几分。

我亲自给她们倒了一杯水，我爱跷的二郎腿这次没有，我得先把她们当人看："钱加倍，上床的另算。我让你们装记者，不是采访，就是陪吃。让主宾多喝酒，哄他高兴，酒后的事顺其自然。"为啥？我想打消老胡的戒心。若是同他说陪酒的女士是记者，他就会放松一些，就觉得不算喝花酒，酒劲上得快。

对方呆了："那犯法呀。"

"你们也跟我谈法？放心，我在桌上介绍你们，你们默认就行了，万一出事推我身上。"

"不知道记者咋装啊？"

"没让你们装整个的记者，装一部分，少说话，多劝酒。同你们开玩笑，你们抿嘴一笑，像个好女孩儿似的，别像见着我，一屁股就坐到大腿上。"

"我以前就那样。"

"那太好了，就装处女。"

"说话真难听。"

"有好听的，但得把这出戏唱完，后半夜净是好听的。"

"那像演电影似的，我从小就想当演员。"

"感觉对，桌上说话要得体，别露脏字，管我叫老师，主宾姓胡，叫胡部长，你们装着早就听说过，并想到他们市去采访。"

"管你叫师兄行吗？"

"好哇，我是黑大中文八八级。"我一愣，隐约察觉那女孩儿身子一抖，弄不好真上过大学。

"名字得改，别是什么娜娜、丽丽的，一听就假，真名我不问，但得像那么回事。"

小个儿的女孩儿顺嘴："我叫李小玲。"那个高个儿的沉吟了一下："我叫陈杏。"头低低的。

"我看得出你们以前是好孩子，啊，现在也是，有些事是没办法，谁都有难的时候，如今天的我。我不会看不起你们，也不用怎么装，就让你们回到从前那样就行，若谈到记者业务上我会替你们挡的。若向你们报社打听熟人，你们说刚去不熟就行。这有两份《城市时报》，你们从现在开始看，先把脸洗洗，要素面。记住，回到你们的从前，并显得有些个身份。就在这屋待着，一会儿有人叫你们。"我起身。

"那你叫什么呀？"那个高个儿的一脸纯真。

我×，把这茬儿给忘了，我又进行了第二轮的培训。

真记者或真师妹我不是找不来，别说是俩，就是二十个也就是动动电话，人说我有女人缘，有时自己也信。她们来也会劝酒，也会花枝乱颤、笑眼乱飞的，只是让老胡在我手中有个"短"就难了，即便弄出点儿事来，这"事"分量也不足，同小姐不一样。要不人说，想同领导铁，干一百次好事不如一起干一次坏事。要是老胡自始至终都蒙在鼓里呢？哪有那么傻的人，一上床他就会明白个四五，知道我给他划道了，明白人又不能挑破，挑破了更好，心照不宣是我要的效果。

晚宴来人不多，除了老胡和两个假记者外，只有我和三儿，三儿在座标志着接待的高等级，酒店老板是不轻易上桌的。胡说："这一桌子菜，要是方便，把省委宣传部的迟处长他们也弄来吧，热闹热闹。""今天是家宴，没外人，明天，明天我再弄个大场子，把你想见的都招来。我先介绍今晚来陪您的，左边的叫陈杏，是《城市时报》的记者，我的师妹；右面的是她的朋友，叫李小玲，你是？"

"在一家公司当会计。"

她反应倒快，这是我突然的念头，一个假的比两个好操作，况且也不用那么多。"三儿你以前熟，这店的老板，我从小的朋友。需要隆重推出的是我大哥，满京市的常委、宣传部长，胡部长。"

屋不大，四个人的掌声也很热烈。

"《城市时报》？有个叫顾长新的吧，管发行的。"

"听说过，不熟。"回答得有些分寸。

我怕他再问别的，马上插话："把酒倒上，陈杏，胡部长就交给你了，要喝好。"我曾同三儿说过，灌倒老胡可不容易，一斤的量，你今天给我铆上，改天我给你当牛做马。

"第一杯酒我来敬吧。"三儿站起来，"胡部长能住在我这小店，是给我面子，您是我们接待过的最大的官，胡部长你别动，就坐着，我先干了，你意思一下就行。"说着一扬脖，那是三两的杯，正宗的衡水老白干，六十七度。老胡爱喝高度的，这次我就想让他高。爱喝酒的人怪，讲究，你越不让他站起，他越站起，你不让他喝还真管不住，老胡也是一扬脖，透一股豪气，看来去北京一周没尽兴。

酒宴就这样开始了，两个歌厅女喝啤酒，出乎意料的是，桌上有文化人，她们也跟着文化了几分，做派没了往日的下流和风骚，眼神中还有了几分感激和情谊。我深有感触，环境改造人哪。我们轮番敬胡部长酒，谦让几次之后，渐渐地沟满壕平了，初秋的季节，他只剩个半截袖，眼睛开始湿漉漉的，那个陈杏挽着他一只胳膊，他就半个身子不会动了。看着老胡开始上劲，端杯的手有些抖，我大为愉快，假记者的危险期已经过去，在他的眼里那两位就是女人。

忘了正事我才是真孙子："我不管你叫胡部长了，就叫大哥，那真是够朋友，每年都知道我这当兄弟的难哪，有事求他头上没说过一个不字，所以我还能在报社混，人模狗样的，今后我再让大哥为难，那还叫人吗？完不成任务，不就是开除吗？有啥呀，不让我干，我还不尿他们呢。还八千份，亏他们想得出来，满京是农业地区，平时麻烦人家的事够多的了，虽然我胡大哥在当地跺一脚是地动山摇的主儿，那也不能太使他为难哪。喝酒，大哥，你当部长是大哥，有一天不当了还是大哥，这顿酒跟发行没什么关系，就是处感情，您说是不？"

"八千？够多的，今年经费确实紧。"

"别提这让我闹心的事，今年就是一份不订，我不会说个不字，来，咱干一个。"

"六千咋样？还是去年的数，再增加确实有困难。"

"就是六份都是给面子，我们领导也不会说个不字，以后在工作上该支持还要支持，发行事小感情事大，大哥你也不用太上心，若是我下岗了，就跟三儿弄这个酒店，或许能弄着大钱呢，只是离开了我热爱的新闻事业。"我居然落下几滴眼泪。

"今年天旱，地里虫子打团儿，全市大面积减产，市委书记的日子也不好过。这次我去北京，部里的这月办公费没下来，我将旧报纸卖了凑足了路费。"

"真感人，一篇好文章啊，我下周就去你那儿，写一篇满京人民战天斗地的通讯。"

"你叫陈杏？一看就是好记者，我这大半辈子净同记者打交道了，结婚了吗？"

"人家孩子都上小学了，虽然长得年轻。"我替她回答。男人同女人亲近，也希望对方有个家，少点儿担心，年龄也要拉近。

"爱人是干什么的？对你好吗？"

"没正事，总打她。"我想勾出他的怜爱之心，陈杏低头，不期然像演双簧了。

"别喝了。"

"这才哪儿到哪儿呀？啤酒还没喝呢，哈尔滨的啤酒解白酒。"

"一混容易上头。"

"歌还没唱呢，把音响点着，你们不知道吧，胡部长歌唱得好。"

我知道老胡爱唱歌，主打的是《心太软》，心软就好办。

"陈杏，你先同胡部长唱一首《夫妻双双把家还》。"歌厅女两大长项，一是在床上，二是都会唱歌。

三儿也觉得差不多了，同老胡打个招呼，告辞，并看我一眼，悠着点儿。屋中剩了两男两女，气氛好调整，暧昧了许多，我把那个叫李小玲的弄到身边，陈杏自然心领神会，酒这东西好哇，喝到这份儿就横竖不论了。一首又一首，一曲又一曲，老胡忘了年龄，小妹妹身段自然，他哪知道，跳舞是人家挣饭吃的本事，况且还有些手段呢，你碰她、她碰你都似在无意之间。啤酒又下去半箱，我将灯光拧暗。屋内变得色情和柔和了许多，我心里发狠，再加把火，逼出老胡的原形来，如果他有原形的话。

老胡真的醉了，他不知我喝的大多是水，实在人没防我这一手，他还说，以前没见你这么能喝。再喝他啥也不能干了，我憋坏，总得要个效果："大哥累了吧，休息吧。我让小陈在这儿照顾你一下，你睡了她再走，像我亲妹妹一样，没说的。"

"不用，再玩会儿也行。"

"明天我再安排。"

我得陪一会儿，啥事不能整得太露，人家的身份还是记者，知识分子呢。我吩咐去弄点儿水果，烧水泡茶，跟着将那个叫李小玲的打发走，不是我人多好，歌厅女我是不碰的。

陈杏我有些好感，她在行为上还不那么职业，眼神中还残存着良家女的痕迹。但该用还得用，只是吩咐她："今晚就在这儿，他不主动你也别上前，明早我来时，你们在一个屋就行，账后结。"

"我要真是你妹妹呢？"陈杏在门口扔了一句，我站在走廊里傻了半天，是呀。

我也没有回家，在三儿的办公室将就一宿。十月的北方很凉了，昨晚有薄雪飘飘，窗上蒙着一层早霜，还没到供暖气的时候，室内阴得很。天一放亮，我就起来敲了敲老胡的房门。陈杏睡眼惺忪，见外屋的沙发上有睡过人的样子。

"他咋样？"

"多了，吐在了床上，我帮他收拾完才睡的。"

"你先进去坐在床边，我敲门。"

"别整那事了，他同意了。"

"他同意什么了？"

"不就是订报纸吗？昨晚我在桌上就听明白了，他说，市里新建了个养猪场，上万头猪，每三头订一份，你们这些文化人哪。"

我笑了："这他妈的。"拿出一千元钱，"昨晚挺冷吧，真难为你了。"

她抽出五百还给了我："他没干。"

"你拿着吧。"

"不该挣的我不挣，他还说，我是个好女孩，还要认我做干妹妹，冲他这句话，值了。"

老胡睡得安稳，陈杏扬头离开，我指着镜子里的我："你算什么东西，看来老胡真不是那种人。"

我意识到陈杏是她的真名，而且，弄不好真是我的师妹。

五

老胡走时没告诉我，市里来车接的。同三儿说，月底前让我去一趟。三儿说，老胡那人不错。

再上班时，尿性得很，进头儿的屋也不敲门："给条烟，胃疼。"

"喝得？"

"知道就好。"

"看来发行的事有谱了。"

"我是谁呀。"

"中午我请你。"

"不吃，洗澡还行。你的车借我开几天。"

"干啥？"

"出去玩，去去这几天的俗气。"

"你也有不俗的时候？这月采访任务你没完成呢。"

"大爷我这月的奖金不要了。"

带着那几个小兄弟去一个渔村，在大江封冻前再吃他几次野生鱼。麻将桌上昏天黑地，我得意，得意今年的十月点兴。

"哥，那几个批评稿还弄不弄了？"

"弄，但得等老胡退休。"

老胡，能不能秃噜哇？一般不会。

老胡在电话中说："八千就八千，可不能再多了，任务刚分解完，估计问题不大，提成还按老规矩。"

"胡部长，我在这儿给您磕一个了。"

"你小子挺会玩的，明年这时候我也该下来了，到时找你玩，你不会不接待吧？"

"你在骂我。"我用拳头砸了下桌子，"我头撞墙了，以血为证，咱俩是一生的铁子。"

"那就好。"他半天没吱声，"小陈还好吗？那个《城市时报》的。"

"不好，在你屋里给冻感冒了，一病不起，工作也辞了，听说闹离婚呢。"我编瞎话顺嘴就来。

"下周你来满京也带她来吧，那孩子挺好的。"

"看她有没有空，尽量。"

我知道歌厅女是不好找的，没有真姓名，不会在一个地方长干。老胡走心了，这让我始料不及，既然戏开了场，我只好唱下去，唱到哪儿说到哪儿，至少得演到报款上来，我坚信事在人为，没啥可担心的。

三儿说，就是对面那个歌舞厅的，坐台的名叫小青。

下午是她们没活儿的时候，我去了，找小青，人说好几天没来了。转身出来，因为这个地下室的味道不好，劣质香水和汗味弥漫着灰暗的房间，每个门旁，都有一双或几双母狼一样的眼睛，注视你时透着一种躲避阳光的神经质，眼神中没有了性别，都像一群耗子。钻出门来，才有了几分胆气，长呼一口。这时我见到了一个人，眼睛一亮，那个叫李小玲的，从我身边"嗖"钻了进去。我急忙喊她，没答应，跟着进去人没了。我知道，那名字肯定是假的，她当然不知是喊谁。到前台说找刚进去的那个女孩儿，那人打量着我，没吱声，在沉默中判断我是不是警察。我说："找个包房，就要她了。"

"李小玲"进来时已经换了工作服，一种像睡衣似的小裙。

"拿大活儿吗？"

"是我。"

她定睛，笑了："又让我装记者？"

"我找陈杏。"

"哪个陈杏？"

"就是那天你们一起去的那个。"

"走了。"

"去哪儿了？"

"不知道。"

"有没有她的手机？"

"没有。" 显出有些不愉快和一点醋性。

我拿出一百元钱："告诉我我就走，你还可以坐别的台。"

"老板那儿有。"

"想个办法。"

她出去了，一会儿鬼一样的转回来，将纸条塞给我："包房的钱还得付。"

最后陈杏同意与我见面，地点在黑大校门前的酒吧。我进去觉得这个酒吧没啥大变化，同十几年前一样，熟悉得让我心动。陈杏来得早，倚在一个角落里。

"怎么选在这儿？"

"住得近，啊，我的同学考研了，这几天在她那儿挤呢。"

"喝点儿什么？"

"咖啡。"

"卡布奇诺？"

"行。"

跟她没啥可唠的，开门见山，"胡部长感激你那晚的照顾，我去满京时想让你也去，满京的烤全羊好吃。假记者但是真朋友，我也这么看你。"

"这几天倒没事。"手机响了，她看都没看给关了。

"那就这么定了，等我电话。"

"还充记者吗？"

"不，我已同他说，你把工作辞了，去的身份是朋友。"

"朋友……"她有些动容。

"我们没有轻看你，以后也不会。"

"其实我真当过记者。"

"在哪儿？"

"南方。"

"为啥不干了？"

"挣得太少。"

"你缺钱？"

"你不缺吗？"她不想再聊下去了，我预感到。有过特殊的经历就是一堵墙，走近？哪那么容易。我小心翼翼，怕哪句话说得不好，她不跟我去满京，那就坏了，她是我送给老胡的赃物。

"我送你一段行吗？"我变得低三下四，狗日的发行。

"你也想回校园看看吧？"她一点儿不笨。

"那个七号楼我住了四年，人生中最美丽的四年。"

"是句人话。"她同我有些不外了。

车上。我说："这次出来，你可能比我风光，车票让老胡给你报了。"

"你就花了吧，晚上你到我屋里，我给你打八折。"

"五折。"

"七折。"都笑了。

"看得出，以前你真是个好女孩儿。"

"现在怎么了，凭本事挣钱。"

"违法呀。"

"你们又比我们干净多少？"

"总是体面一些吧。"

"没看出来。"

"其实你可以干点儿别的，过正常的日子。"

她半天没说话："我想出国，打小就这么想。"

我扭头看着她，一个想出国的孩子走进了今天的生活，这是怎样的反差呀，挺奇怪的。

"得四十万，做正常的工作啥时能攒下四十万？十年？等攒够我也老了。我准备用三年时间弄到四十万，我出国再回来，还有什么不体面的？"

"走到了这一步可能贻害无穷，洗干净的是脸，还有好多无法洗干净的。"我认真了。

65

"我能学坏也能变好。"

我不信。

"这次来你还得装人。"

"那得看你们是不是人。"

"无论出什么事都不要谈钱，回来我给你。"

"有这话就行。"

"你能把老胡怎么样？"

"看他想怎么样。"

"你拿不下他，这我心里有数。"

"除非他不是男人。"

我心里想，他有可能真不是："打赌。"

"打什么？"

"你赢了，我找十个哥们儿照顾你生意。"

"那不行。"

"你要输了呢？"

"我不会输。"

　　见到老胡没聊上几句，我就离开了，马上到各县去，虽然发行的任务分解了，可该拜的还得拜，拜就是喝酒，讲究一分酒一分活儿，我的肝呀。至于陈杏，由老胡处理了。

　　几天以后，老胡赶到 S 县与我会合，说剩下的县要陪我走。看出力度了，我自然高兴。秋风中老胡扎的是红领带，还自己开车，下车后，喊着今天不走了，整点儿蛤蟆吃。好兴致呀，像打鸡血了。我没问陈杏，就当没那回事，以后我也不会提。

　　转眼就是年终，光荣榜上我的大名和照片格外醒目，挂大红的绶带招摇转过整个的平台。头儿说："该买车了，别他妈总开我的，今年不买，明年你连个自行车都买不起。"

"是，明天就去车行。明年不用我了？"

"都不用，社里在全省成立了十个发行站，明年不让记者掺和发行的事了。派你个活儿，明天上午你去给那十个发行站长讲讲课，他们都是社会招聘的，已经培训三天了。只讲发行的经验和方法，别瞎嘞嘞。对了，我听说满京的胡部长出了点儿事。"

"啥事？"

"嫖娼，被人点了。"

"他？不会吧，我了解他，谎信。只是手机好多天不开了。"

我爱讲课，特别是台下有女的，属于人来疯那种。放弃酒局早早回家，左书柜右百度地准备明天的讲稿，心中有鬼但不影响我装人，在讲台上还会有威风八面的范儿，我要从党的声音上讲起，要从职业良知上讲起，要从公益心上讲起，要从读者需要上讲起，要从关心底层民众疾苦上讲起……于是，那天早晨我穿了西装，走进会议室扫了下听课人，我头一大，满京发行站的牌牌儿后面坐的是陈杏。

汗下来了，因为她说过，不就那么回事吗，没啥难的。

胡部长真的出事了，他不说他不行吗？咋好的？

做一轮月亮
送往天堂

狗日的文学

刘艺的葬礼震动着阴阳两界。

十里八村的乡亲能帮得上手的都活动在院里院外，张罗着也讨三天素酒，帮不上手的也把农活儿给撂了，丧事变成少见的风景。

花圈排成长长的甬道，喇叭的长调，木鱼声，只是哭声不多，场面上显得静静的。还有村里村外的轿车，黑黑的一片，那排场乡亲们说起来津津乐道。

瘸三儿坐在席棚下，七寸板的棺材显出他的瘦小，白森森的孝服拖在地上，有人悄悄地用剪刀弄下一块，本家姓刘，通"留"音，对生命来说，吉利。

"三哥，我们来了。"

"嗯。"

"三哥……"

"三哥……"

四月天，青苗刚刚吐绿，茸茸的秧苗体现出乡村的温和，远处鸟鸣挂耳，杨絮漫飘，瘸三儿对这满意，白色的杨絮是为他爹准备的。很久没有回乡了，这次回来却是黑衫裹体，白紧腰身。父亲还

71

不老哇，近棺还能听见里面那块瑞士表咔咔地响。上周在城里说，回家，他要回家。说病房里闻不到草的青味。

火化也要有棺材，八杠，十六个肩，避星光，顶天光，起灵时，十六个大汉"嘿"的一声，那气势给瘫三儿争来太多的脸面。哭声并不多，在屯里至亲的没几个，大多是城里来的，小车的后面是一辆卡车，满满的一车。

媳妇说："死人不烧黄纸吗？"

"黄纸烧，稿纸也烧，爹说，活着时没写够。"

骨灰入匣，匣入祖地，瘫三儿从车上被人扶下来，腿不行没法跪，坐在坟前，一言不发，划根火柴，扔到花圈堆里，噼啪声让所有人都觉得这是个滚烫的坟茔。成捆成捆的稿纸搬下车来，几米长的火苗冲然跃起，那纸灰遥遥扶天而上……

瘫三儿在人前没掉一滴泪。

这地儿叫陈家油坊，距县城五里多地，属城边子，大多乡民以种菜为生，供城里人吃，日子都过得不错，茅草房已成记忆，一趟趟红砖房透着富足。刘艺家是小二楼，人们说，把脑袋想成柳罐斗也想不到老刘艺能靠瘫三儿发家。

闭眼这年刘艺有小六十吧？

户口本上是刘义，老辈给起的，没啥不好。那年他当了村小学的代课教师，没通过派出所就把义字改为艺字，这字好，没了土腥味。

为啥能当小学老师呢？刘艺爱舞文弄墨，没有家传，自己悟的。小时上了几年学养成个爱看大书的毛病，也算有命，家中从前没有识字的，可有本《三国演义》扔在柜子后面，哪来的不晓。刘艺看个大概就出去给人讲，讲起来也有些头头是道，听者众，于是在村里就有些个名声。最初人说，这孩子记性好，是块说书的料。后来又有人说，这孩子有文才，文曲星下凡，将来会刀笔携身的。

刘艺信了。

有一年，全国号召学习小靳庄，到处搞赛诗会，二十来岁的刘艺就写了：好像战士端起枪，厕所后面是战场；人人都说大粪臭，换来遍地稻谷香。题目叫《大粪勺》。乡亲们倒没觉得咋回事，可来乡下搞活动的县文化馆的干部很高兴，说是发现了一个农民文学新人，还拿到县文化馆办的个内部刊物上给发表了。刘艺卖了两只母鸡，买了一百本书，摆到家中并逢人就送。更要命的是，在全县风景最好的地方参加了一次文化馆组织的文学创作班，得到了几本关于文学的书，认识了老师，结交了文友。回家的路上，背着班上发的几本稿纸，抬起了头，透着几许的庄严。

那年秋天他结了婚。

刘艺家贫，小学代课老师是不发工资的，折合成地，地要有人种的，还要经心。刘艺做不到，他的心思在写作上，每晚点灯熬油。点灯熬油是真的，他家的电被掐了，欠人家的电费，交电费的钱都买邮票了。那油灯倒也别致，是一个青铜的碗，在地头捡的，碗底还有"大明宣德"字样。碗里装点儿油，捻一截棉花，燃着时嗞嗞地响。油就不那么讲究了，弄着啥油就用啥油，只要能点着。日久之后，房梁和墙壁都是黑的，包括早晨醒来的孩子们的鼻孔。

地还是要种的，有老婆在。在老婆的眼中刘艺是个有身份的人，知识分子吧，毕竟是村里唯一穿白衬衫的人，虽然那衬衫很不像样子。家穷，以后怎么办，乡村的女人很少想，嫁汉随汉，不没饿死吗？至于汉子做的事，不懂，也不问，是福是祸随他去，刘艺是村里唯一不赌钱的人。

稍有好转是大儿子能干农活了。刘艺有三个儿子，大的叫刘文学，起名时有希望所在，可也不完全。记得他教的小学课本中有篇著名的课文，是写一个叫刘文学的少年为保卫生产队的海椒，被一个成分是地主的人给弄死了。今天说起来肯定不可信，杀人的根据不足，可那时是没人怀疑的。刘艺把这个名给大儿子安上了，虽然有点儿不吉利，可他喜欢"文学"。让他上火的是，这小子从小就对书不亲，上山打柴，下河摸鱼，雪里来，冰上去，脸上总是乐哈哈的。最迷恋的地方是牲口圈和铁匠炉，围着牛啊马啊的转，逃学最多的理由是帮人钉马掌了，一般的牲口两个大人用尽力气才会将马蹄拴上马桩，可他十二岁时就能干成那活儿，只要他嘴中喊着"蹄儿蹄儿"，那马就一点儿都不犟。

神了，一个庄稼地里的精灵，只是一旦让他上学就像抓猪一样。刘艺常望着顶上房梁写满字的稿纸，暗自垂泪。

作家，真是梦吗？

二儿子叫刘文化，打小就过继给城里二叔家的堂哥了，他家无子。几年过后，二小子很少回来，据说书念得不错。高考前回来一趟，爹说，考中文吧。那小子摇摇头，城里长大的，这种事爹做不了主了。后来是由堂哥出钱去了美国，说是学天上的东西。二小子在刘艺家只是一片彩色的云。

老三也有名字，可人们多不记得，因为他生下来就很少有人称他大名的机会，人称瘫三儿。刘艺记得，一岁多的时候发高烧，村长的媳妇是赤脚医生，给打了三天针，从此就站不起来了。村长的媳妇说："我见你家坟地过水，小三儿怕是被什么缠住了，请个大神来试试，肯定是邪冲的。"

神没有请，这不符合刘艺的念头，只盼着长长就好了，也没想过找那赤脚医生理论，人家也不是有意的，邻里住着，人家是半夜现穿衣服来的呢。大了只好了一条腿，路好单拐能走，路不好就用双拐。刘艺也让他上学了，路行得慢，常常最后一个走过操场，双拐拄地发出"嗒嗒"的声音。也就两三个学期，他把一个孩子的一只眼睛打瞎了，因由就是那孩子骂他小拐子。两家吵并经了官，到后来还是不了了之，可学是不能上了。

癞三儿下手狠着呢。

孩子们一天天地大了，老婆老了，刘艺还在写，写诗歌，写小说，还写过电影剧本呢。废的多，发表的很少，连县里的作家协会也不让他进。李进说："老刘，别写了，你不是这块料，小楼住着，癞三儿那么有钱，弄个享清福的事儿做做。"

李进是谁？

癞三儿传奇

壮年的刘艺有三愁：一愁这房子年久失修，雨天炕上的被都是湿的，大风天房梁就"吱吱"地响，还是父亲留下来的，翻修一下哪那么容易；二愁入省作家协会遥遥无期，只有入会才是个有名分的作家；三愁癞三儿生活无着，自己百年之后，他会饿死的。

癞三儿还小，尚有口饭吃，便想做什么就做什么，不能上学正中他的意，于是就把附近的十里八村当成了江湖。腿不好可他有个爱走的毛病，不论天黑天亮，房前屋后都能听见那"嗒嗒"的步声。一根拐杖能玩出花儿来，在他的手中如刀似剑，兜里的弹弓扣的是铁砂，出手快且无情，十多岁就在前村后屯闯出了些许的名声。一天农活不干，从衣着到肚肠居然比他父亲阔气多了，这还不算，他手下还养活一哨人马。等到刘艺知道瘸三儿每天的行径，瘸三儿已经十七八岁了，业已成精，管不了了。

刘艺又多一愁，怕惹祸呀，偷鸡摸狗的还好说，赔人家就是了，怕的是瘸三儿常与人打架，下手没轻没重，一下打不着，人就跑出危险地带，所以他出手必击要害。其实真正打起来，没人怕他，可瘸三儿不讲胜负，只讲拼命，打小命贱，这就无人能敌了，好人谁能同他玩真的。

村头有个狗肉馆，是给城里人想换口味准备的，生意不错。门前有个杀狗的架子，血淋淋的一悬，就是招牌，就知道那狗肉新鲜。老板一旦听到远处传来"嗒嗒"声，四盘八碗就摆上了，瘸三儿及其随从横马大刀地坐下来，推杯换盏中真有几许江湖的豪气。临走："三叔，先记账。""三兄弟，说哪儿去了，您能来就是本店的福分。"这辈分咋论？

有天一个生客不晓其事的原委："一个小瘸子怕他？"半个时辰这话可就过到瘸三儿的耳朵里，那人开来的那辆车是拖着回去的。

自从瘸三儿成了气候，村长家的柴火垛每年着火一回，也没啥大损失，只是冬天他家冷得像猫咬的一般。

刘艺不是不想管，是真的没招儿，你总不能把他杀了吧？能做到的就是给人家赔不是。谁家鸡丢了，不管是不是瘸三儿弄的，他都会在自家抓一只送去。谁家半夜玻璃被砸了，他不到早上就抱着一块新的给人上上。那年玻璃难买，刘艺在卸家里最后一块玻璃时，瘸三儿进院了："爹，昨晚我去城里了，在二爷家住的。"

"嗯。"

"叔说让我到城里去学推拿，师傅找好了。"

"嗯。"

那家的玻璃碎了，瘸三儿不在现场，可人家把话传出来了，赔吧，刘艺已经习惯。

那晚风大，吹得刘家那纸糊的窗户"啪啪"地响。

"你去不去?"

"不去。"

"为啥?"

"没玩够。"

刘艺不想再说了，该说的话已经说了无数遍。瘸三儿虽然一肚子坏水，可对父亲还好，不听话也不犟嘴，有时一夜不回家还同父亲打个招呼。

村长家受不了瘸三儿的折腾了，求人花钱把瘸三儿给告了。为抓现形，一直等到初冬。那晚那场火烧得有些个气势，警察将瘸三儿围住时，他还在火边烧黄豆吃呢。

以纵火犯的罪名判了两年，刘艺的头发花白了。

两年也快，回来时瘸三儿变了一个人。同爹说:"我学推拿去。"

"玩够了?"

"嗯。"

"为啥?"

"监狱不是人待的地儿，年龄大了不经打。"

"去吧，上周你堂叔还说呢。你要学好就差不了，脑袋灵。他欠咱们的，给他个好儿子呢。"

堂叔家在县里经营着一家小医院，不知从哪儿弄来的一种膏药，以治各种疮为主。这年头得疮的人越来越少，医院不景气，那就啥病都治了。瘸三儿就落脚在这个医院里的推拿病房学推拿。瘸三儿因腿不好，双手就有着天生的力气，虽然不识几个字，可脑袋灵，记性好，几个月下来，那活儿干得有模有样。这使刘艺心安，不出别的大事，这小瘸子总算有口饭吃，静下心来又鼓捣他的小说了。

医院出事了，一个二五眼的护士给人打吊针，人死在了床上。啥原因也没查，那人家集中了三五十口子，将医院占领了，光赔钱不行，还要个说法，尸停前厅，门前烧纸，披麻戴孝，哭声骂声惊天动地。其实钱能摆平，可要的那个钱数，把人卖了都不够。堂叔跑了，撂下话出国找儿子去了，谁知道，剩下个二爷在家顶雷。七老八十的，认了，账上的钱被人弄走之后还给判了。

也就一年多，二爷被意外地保外就医了，那天，狱门口有小车来接，车门倚着瘸三儿，笑眯眯的，手中的拐杖耍着花玩。令二爷惊奇的是，医院居然没黄，门脸依旧，有人出入。瘸三儿笑了："您不在，我顶着呢，这生意咱还得做呀。"

"我走时账上没钱哪？"

"我在我家拿的。"

"别唬我，你家？"

"嗯，有个灯碗，说是古董，拿到省城找的人……"

"卖多少钱？"

瘸三儿笑了："您先去洗个澡，好好睡一觉，以后的事还要您支着。"

"那院我不想再进了，你能干就干吧，小心点儿。"

"我养着您，放心，不会再出那事了。"

瘸三儿把那医院给改了，专治不孕症。广告上说，不但让你生孩子，还生男生女随便挑。

行吗？

那天，真有人打上门来，"花那么多钱，就想要个儿子，可到了还是个丫头，你把钱退给我，村里罚的钱你也得出。"瘸三儿还养着当年的那帮小兄弟，一顿镐把，那人连滚带爬。

也不是总打，又有人来要说法，瘸三儿亲自接待："给你开的药按时服了吗?"

"服了。"

"子时受孕，你找对时辰了吗?"

"不就是半夜十二点吗? 没错。"

"一次也没错?"

"没错，为这我特意买个闹钟。"

"药没断?"

"现在家还有呢。"

"知道受孕后，你们同房了吗?"

"那、那都是五个月以后的事了。"

"你看看，我说有原因嘛，我们医生交代过，生产之前一次也不行，再遇精子就会影响到以前的精子发育。"

"一挺十个月，你受得了?"

"你不是要儿子嘛，带个套还行。"

"我们庄稼人，带个什么套。"

瘸三儿是乡村里滚大的，唬庄稼人的招儿多了去了，城里人没人信这个，可他也没想挣城里人钱。碰上的，有人给送匾，没碰上的总有办法唬过去，在瘸三儿屋里常常一肚气来，灰溜溜走，真遇到茬子，找人一说，或象征性地给俩钱儿一平，只是这种情况不多。

瘸三儿的医院治阳痿最拿手，咋治的，医生不说，患者也不说，只是县里同行的嘴里没好话，说，那瘸子，心眼太坏，招护士不要学过医的，专招在城里干过的三陪小姐，白大褂里面不穿衣服，用点儿壮阳药，在处置室把门一锁，个把小时就见效，至于以后好不好用，那就凭运气了。别说，还真有这么治好的，于是这小医院名声响亮，干得顺风顺水。

瘸三儿挣到钱了。

李进是谁

"爹，你成天写的是啥？"

"小说。"

"写完了能干啥？"

"发表。"

"发表了怎么的？"

"成作家。"

"作家能挣多少钱？"

"可能挣也可能不挣，没想过。"

"咱们县有作家吗？"

"有，李进就是。"

"爹，你到城里去住吧，整天没事，让你写个够。"

"不去，李进说了，创作不能离开生活。"

"爹，你总说要入什么作家协会，入没入呢？"

"哪那么容易。"

"咱花钱到上面活动活动。"

"李进说了，花钱没用，得凭真本事，那里管事的都是大知识分子。"

"还有花钱办不成的事？"

"你不懂，这是文学。"

"爹，你写就能发表吗？"

"下篇，下篇差不多。李进说了，要有十年磨一剑的耐性，我是火候没到。"

刘艺的葬礼上，瘸三儿认识了李进。五十岁上下，进门就说："叫我李叔吧，是你爹的文友。"话语不多但很懂事，见人来多了，就搬张桌子在门口记起账来，一笔笔地过的是钱哪。瘸三儿的媳妇在盯着，确实一笔不差，只是交上来时，手有些抖：嘿，一箱子，真沉。

后来，瘸三儿听说了，李进还是大城市人呢，是中国最后的一届知青。据说有天在大队书记家喝酒，酒后同人家的大丫头滚到一个炕上了，早晨酒醒，那丫头在哭，他傻了。乡下有规矩，一是告官，一是把人家娶了。那时李进还是个小孩子，哭也没用，城里的家也没人能帮上忙，就选择了后一种。新婚时他望着爱打呼噜的老婆，怎么也想不起来酒后都干了些什么。支书也是个明事理的人，既然人家认了，成了自家的姑爷，那就得帮忙，城里人有文化，通过人把李进弄到乡中学当老师去了。李进还真是教学的料，一屁股坐在乡下就是三十年。听说课讲得好，听说有文才，听说在省城的刊物上发表过小说。

那天，李进找瘸三儿去了，在天气将热的时候。爹的文友，见面有几分亲，水倒两杯，一凉一热，李进搓了搓手，嘴里"这个，这个"的有几分慌乱。

"李叔，有事？"

"嗯。"

"说。"

"我儿媳妇生孩子，想到你的医院来。"

"咋不到县医院？"

"我不寻思能省两个，我和你爹……"

"我们这儿条件不太好，再说……"

"没事，有大侄子在这当头，错不了。"

"还是去县医院吧，我这真不行。"

"凭我和你爹的关系，你咋还不收呢，条件没事，过去在自己家还生呢，去县医院得好几千，哪儿来的钱哪。"

"去县医院，钱不够在我这儿拿，另外我同他们医院打个招呼。"

瘸三儿给拿了两千，李进接了但不好意思往兜里揣："这成啥了，你看，你爹跟我那是没说的，好人哪。"谁是好人？

三天后，李进乐颠颠地来了，说是生了个大胖小子，母子都平安。

"那就好。"

"喜糖。晚上，我请大侄子喝酒。"

瘸三儿突然萌生了想同他聊聊的念头，是聊父亲吗？

雅间。太贵吧？瘸三儿笑了。

李进贪杯，这是瘸三儿没想到的，既然是作家，该是个文雅的人吧？李进则不，看见好吃的眼睛发蓝，胡子花白了，沾着油腥和成串的酒珠子，蠕动的两腮没有曾经城市人的痕迹。瘸三儿倒显得有些个身份，一双筷子轻轻地夹点儿菜叶，一杯红酒抿着。

钱比文化更能改造人。

"李叔，生活还好吗？当老师能挣多少钱？"

"千十来元，饿不死就中。"

"当作家还有别的收入吧？我听说写字挣钱。"

"不骗大侄子，偶尔有个百十元的稿费也请编辑吃饭了，现在发稿也凭关系，不好弄。"

"那当作家好处在哪儿?"

"有名声。"

"我爹他写的不行?"

"差点儿火候，创作这玩意儿得有些才气，光凭实干不大行。"

"那病就是从这上得的，总上火，心里着急。"

"我说过他，不行就别写了，不愁吃喝的，他不听。"

"其实在他有病前我在省里已经找好人了，让他加入什么省作家协会，可一发病，而且是绝症，他也就不提了。"

李进有些醉了："大侄子，我这当叔的可得说你几句，文学创作是很高级的，不是光有钱就能行的，成不成作家，钱不好使。"

"啥高级的，我觉得现在没有钱办不了的事，你信不?"

"搞文学不行。"

"没啥不行。"

"你有钱吧？你写个试试，就算替你爹了。"

瘸三儿萌生个想法，笑了。

玩个"小鬼推磨"

产生这个念头把瘸三儿自己吓了一跳。是为父亲的梦？不全是；为了李进那张醉红了的、比父亲得意的脸？

晚上，瘸三儿又去请客了，有人让他请，不请恐怕不行，还得在街面上混呢。刚开始时，瘸三儿主动去找人家，请不来还挺上火。后来那帮子人嘴吃滑了，哪天空了会主动打电话来，虽然也是称兄道弟，可瘸三儿心里明白，他就是个埋单的。为啥？你是个乡下人。

每到曲终人散，把打车钱交到开车人的手上，一辆辆地绝尘而去，他总是独自拄着单拐，往四下望着，有秋风来，凉飕飕的。

把自己关在屋里，用几天时间把事情想个周全，决定玩，玩一把"小鬼推磨"。

把李进叫来了。

"李叔，给我当秘书行吗？"

"我还教课呢。"

"学校让你年底退休，有这事吧？"

"嗯。"

"那你就现在退了，到我这儿来，工资加倍。"

"到年底再说吧，你这儿又不是国营的。"

"行。"

隔了两天，李进自己来了："昨天，校长让我回家，不讲理，还有半年呢。"

"想到我这儿来吗？"瘸三儿笑得有些诡谲。

"那行。"

"晚上到我家来，咱们谈谈。"

有酒，窗帘撂下，让老婆回娘家了，李进稍有些紧张。"来，倒上，您随便喝。"

"当秘书都干啥呀？"

"我说了你若不同意也要保证不说出去。"

"啥事？"

"你保证。"

"嗯。"

"你会写小说吗？"

"会。"

"那好，你不用上班，就在家写，我买你的小说，价钱你定。"

"大侄子，你要小说干啥？"

"行还是不行？"

"人家杂志上发小说，千字八十呢。"

"我给你千字一百。"

"那行。"

"条件是天知地知你知我知。"

"行。"

"不准用电脑，不准留底稿。小说交我之后便与你无关，你要写好，我会找明白人看，不好我不买。"

"小说不是说写就能写出来的，有时一个月也写不了一篇。"

"月薪五千照开，生活上事你不用去想，只要把小说写好。"

李进傻了，那不掉钱堆里了吗？

"一切都烂在肚子里，当你家的猪都不要说。一旦别人知道了，你后半生就完了，你信吗？"

"我都五十多岁的人了，这还做不到？大侄子你放心。若信不过我咱立个字据。"

"不。"

两年以后，瘸三儿成作家了，说起来县里的人谁都不信，可这是事实。李进却在县里的文坛消失了，消失得无影无踪。人还能见着，红光满面，新盖的那栋小楼，成为镇边的一道风景。有钱了还当作家干吗？这理也说得通。钱是哪儿来的，这年头没法说清的事多了，即便是偷的，那也是抓着算。

谜，人们没有猜的兴致，反正有道。

这天，县委宣传部和县文化局的领导都去接站了，省作家协会和省残联共同给该县的著名作家三宝开了他的作品讨论会，县里的宣传部长和文化局长特意赶去，那场面很是壮观。省城的著名作家和学者几乎都到场，溢美之词堆满了整个会议室，鲜花、掌声……报纸、电台都发了消息，电视台还做了专访，说三宝是二十一世纪的高玉宝。

三宝就是瘸三儿，这笔名是咋起的？《吉祥三宝》嘛，那歌正流行。

接风又是一场好酒，瘸三儿手下的会计又带钱来了，县长说今天不用。

瘸三儿戒酒了，谁劝也不喝。人们理解，名人嘛，该注意身体。

其实瘸三儿有点儿紧张，是不是玩大了？别出纰漏。他在想，有钱在，文坛还有门吗？

牛逼且仗一条残腿

著名企业家、著名作家，瘸三儿风光无限，还有身残志不残、刻苦学习、慷慨助学、回报社会的光环呢。

瘸三儿没蒙，到啥时都不蒙是他的优点。

他参加社会活动的次数明显减少，必要时都是他的助手去打理，会议也不出席，医院由老婆执掌，听说只在别墅里写作。

其实他在想。

小时因为腿瘸，没人同他斗狠，因为腿瘸，动脑的时候比动腿的时候要多。有了产业，还不用偷税，残疾人免税。当作家，腿瘸的好处就更多了，你找我谈文学，我可以不去，神龙见首不见尾，高深莫测。

瘸三儿究竟能认识多少字？他笑了，这年头，当作家同识不识字无关。

最初，让助手拿着稿子到省城去，回话说，小说写得不行。

"请他们吃饭了吗？"

"请了，留下一篇。"

"把电话给我。"

"这是主编的。"

主编是个女的，声音不难听，瘸三儿抄起电话："主编吗？我是三宝，可以在贵刊上点儿广告吗？当然，当然，我腿不好，不能登门拜访，从小我酷爱文学，我爸爸带我写作，光有钱不行，还要有追求。对对，交个朋友？好哇，我会全力支持我省文学事业的，好，好，回见。"

后来，这样的电话通了很多，不止一个编辑部，还有北京什么选刊，名声渐渐地有了。他很少参加会议，非去不可的，就让人推着轮椅进来，场内常引起一阵骚动。

老婆说："日子久了，这行吗？"

瘸三儿抬头，冷眼，一个茶杯扔过去，老婆的头上，血如溪流，以后再不提这事了。

瘸三儿不笨，该准备的都准备了，用了大半年的时间。他学会一句话："我想说的都写进作品中了，对读者再说一句都属多余。"

这是在电视上一个作家说的，他用起来效果极好，不但没人怀疑，还带来几分崇敬。

腿瘸真的很好。

隐隐作痛的幸福

不准他来，他真的没敢来。稿件都是通完电话，瘸三儿派人去取，钱打进卡里，如今"三宝"名声响亮。他呢？

这天，瘸三儿想去看看他，车拐上土路，这也是早年瘸三儿回家的路，道边的原野已经泛黄，凉爽的秋风贴着地面走，偶见人影都是弓着背的。对这，瘸三儿既熟悉又陌生，有些个感慨，一种好像是文人式的感慨，触摸小说不是一点儿影响没有。

司机说："前面路边那个楼座子就是他家，还养着一条狗呢，一有生人还扬着脖子叫。"

"把车停下，回去。"瘸三儿又不想见了，见了说什么？听瘸三儿的吩咐，车围着那个楼座子转了一圈。

李进看见这车了，因为他每天这个时候都坐在门前，只要天不是很冷。院内铺了水泥，没有猪骚味，没有。有树已能遮阴，那把椅子看着舒服，常常有一杯盖碗茶。他冲路上望着，他盼瘸三儿来，有一肚子话，他又怕瘸三儿来，万一话说不好，财路就断了。这几年，他很少进城，没事。曾经的文友已经不来往了，瘸三儿同他没啥具体的规定，他还是不敢来往，怕被瘸三儿的人看见。心虚，打从怀中有那张卡开始。他曾提醒自己，也算凭本事挣钱，只是，只是什么？

瘸三儿这几年的变化他是知道的，县里有电视，还订了份报纸。

心中隐隐作痛，但他认了，除了他的楼座子在村中有君临天下的味道外，他清楚，那些小说放在他的手中，是不会获得那么大的效应的。钱这东西真好。

最初，李进有些紧张，万一露了，可是里外不是人，他卖的是尊严。后来他也听说，世上早就有干这活儿的，叫枪手。他研究枪手，又觉得心虚，人家枪手是一把一利索，多数是购买人出构思、出材料，枪手只是代笔。他可不是，连思想带生活带每天的精神头都打包卖了，日子真的改变了，可心里有点儿堵。

往开了想，人的劳动不就是为了过上像样的日子吗？我现在的日子像样了。回屋喝酒去，李进现在喝红酒了，一瓶一瓶地喝，反正有钱，这钱来的是心血，红酒补血。红酒是在县里一个酒厂批的，是一种叫山里红的野果做的，包装可以，只是不上讲，上讲给谁看？邻居中没懂的。李进懂得了洗钱，说儿子在省城打工挣到钱了。儿子也不知他家钱是哪儿来的，他同儿子说，现在的写作稿费高，儿子觉得这个爹牛逼。

最近他心不静，舒坦日子积累得差不多了，想把著作权要回来，大半辈子过去了，总得给孩子们留点儿啥，除了钱。但他不敢说。上个月他未经瘸三儿允许买了台电脑，消息不知怎么那么快，那天晚上，一块大石头进了屋，正砸在电脑上，李进没吱声，从此他再不提电脑的事。

瘸三儿的车绕李进的房子转了一圈，日子又恢复了平静。

三宝的第一本书出版了，封面很别致，画上一根很艺术化了的拐杖……

县里为此在县新华书店搞了个售书仪式，该来的领导都来了，瘸三儿那天穿着西装，没讲话光点头，讲话的都是领导，还有省里来的。字签得很好，专门练过，感谢的话也会说，别的就没什么了。让他分神和不痛快的是，他在人群的后面看见了李进的身影。

几天以后，李进病了，瘫三儿听说的时候已经出院。血压上出了毛病，头晕得厉害。瘫三儿说，歇一歇吧，钱不是一天挣的。

电话里李进没吱声。

本来，只想养个"京巴"玩

没有孩子偌大个别墅冷清得很，老婆又不是玩的。"去，买条狗来。"

"人家说，纯种京巴，三千多。"

"嗯。"

三个月后，这狗长有两个京巴大，样子也很中国，半年后，成了一条大狗，虎实实的。瘫三儿给买狗的人一拐杖，那人也纳闷："说好了的，要小狗，怎么长这么大？真的没法玩了，该死。"

瘫三儿不爱开会，几天几天开的那种，要是在会场露一面就走，带几许风光才好。可日子久了，名气大了，这事做不到。不出席吧，交往上过不去，出席了，就得闲聊，就得谈文学，这些都是瘫三儿不愿意干的事。一句不说能做到，可与会人的目光让他心虚，弄文字的都是聪明人。

少去但不能不去，去了就花钱，就请客，客请得越多，邀请函就越多，啥活动都让他参加，赞扬的话好听，被人捧着好受，掏钱的时候也要痛快些。瘫三儿倒不差钱，就是日子久了，也觉得很大头。大头就大头吧，钱不就是花的，钱花了，在这里就是个人物，迎来的都是笑脸，他们在我的那只瘫腿面前也是低三下四的。识字的人怎么了？写书的人怎么了？嘴中人类啊民族啊，可见到能占的便宜眼睛也发蓝。瘸三儿发现，作家们吃请特别爱打包，没有餐盒，塑料袋也行，多套一层放在皮包里，那包里全是书。打包不是不好，记得父亲就爱打包，只是瘸三儿已经不习惯了。瘸三儿还发现，文人们更爱吹牛，更爱脸面，当面互相吹着，背后互相挤对，哪个女诗人文字的功夫不如床上的功夫，哪个小说家这次获奖花了十二万呢，谁谁雇人写评论，谁谁抄袭是老婆出面摆平的，老婆出的是哪个面？谁出去泡小姐，被人攥到出租车上拽下来，钱还没给呢，作家也不行啊，请家说，那种钱都该自己掏……他们也喜欢打牌，只是怕输。谁都怕输，可他们输了赖账，这在生意圈中是不多见的。也不都赖，只是耍赖的人多。瘸三儿见他们常想起乡下的那帮小兄弟，兄弟们没文化有火气，火气也叫激情，这些人有文化没了火气，可这两拨人大方向是一致的，就是得好处，这也没啥错，大家都得过日子。

　　这次会议他不能不去，是省作代会。瘸三儿外出风光得很，车要三辆，前呼后拥。带来的人是不能进会场的，让他们在车里等着。一副双拐"嘎嘎"地敲地，人们回头，虽然有些个名声，可在全省认识他的人并不多，他怕那种目光。到了前排，见有空座，就坐了下来，把头低着。有人轻声："这座是给领导留的，您坐后面。"瘸三儿一旦坐下，再起来是费劲的，又不能不起。在后面落下身躯显得更小了，好在没人再注意他。第二天的上午，安排他在大会上发言，这使他惊慌。人家安排得也对，他是残疾人，成为作家有鼓舞人的力量，至于给会上拿了点儿钱一般人是不知道的。掌声起来了，他被人扶起来，那台有四个台阶，走起来吃力。他坐在麦克风后面，平时不听话的腿自己就动了起来，"我想说的都写在作品里了，再说都属多余……"主持人说:"你有十五分钟的发言。"瘸三儿一身凉汗,我,我……全场真静,都等着他。瘸三儿发抖了,有生以来第一次发抖,双肩无力,想站起来都难:"我没啥可说的。"谦虚吧?全场还在等着,等着他的下一句……

度秒如年,他的脑中一片空白,啥时下台的、咋下来的都不记得。

中午是大餐,人们奔了酒店。会场人稀,才见他的手下拥进来,把他抬上轮椅,拥着前行。前边的人,有说有笑,拍拍打打,瘸三儿同他的人走在最后,主仆分明,没话。入酒店被人拦住了,要检查他的代表证,别人没要哇?别人像代表,瘸三儿回头,觉得他们这帮人真的不像开会的,代表证他有,这给他几许尊严。进去还坐正席,这顿餐是由他请,会前就这么定的。兄弟们被留到门外,没人在左右,他觉得心里没底,这场面、这人群是另一个世界的。人们敬他酒,他喝,都是大官。桌上人们说话,瘸三儿傻子一般。身上像有一根绳,酒喝得越多,那绳勒得越紧。他向门外张望,他的人,齐刷刷在门边站立,稍感心安。酒局终于散了,有腿的人走得畅快,谁也不问中午这顿请吃的是谁。瘸三儿更觉得寸步难行。好在吕主编没走,《北斗》杂志的吕主编:"三宝兄,我们刊物下开了个专栏,叫名家茶座,第一篇是您的,会议结束后,把大作留下。"

"没时间写呀?"

"没事,我让我们编辑写好了,您过目签个名就行。"

"那好吗?"

"文中的意思您赞同,文章就是您的了。下月我们要组织个大型笔会,您是组委会的副主任,会上还要给您颁奖呢。"

瘸三儿明白了。

瘸三儿后悔了，本来是觉得钱来得挺容易，买个"文坛"当京巴玩，可现在想来，谁是谁的京巴呀？

"走，回家。"手下的人听着呢。瘸三儿站在酒店的台阶上，将拐杖耍了个花，带起一阵风声，作家们走了，他的精神头还在。

这样下去不行

李进好久不写东西了，因为有病。瘸三儿也没催，打此再也不写，瘸三儿仍不会催，可李进不知道，这天他来了，一晃三年没见。

瘸三儿发福了，李进老了，还是两杯水，一杯凉，一杯热。

"人侄子，咱们那事儿……"

"说。"

"我身体不好，不能再熬夜了，能不能撂一撂。"

"行。"

"身体不好就写不好，怕给您添麻烦。"

"不会。"

"上个月就没写，这钱还给你。"

"嗯。"

"真快，你父亲过世四个年头了。"

"我记着呢。"

"那没事我就回去了。"

"好，我用车送你。"

"不用，我在县里再看看老朋友。"

"李叔，咱们事前的约定还记得？"

"记着呢，过去的事跟我家猪都不说。"

事情变得出人意料的简单，出得门来，让李进不知所措。来前两宿没合眼，想着该怎么说，一肚子的方案。可没超过五分钟，事就结束了，啥事太顺利了就显得不真实。

李进没有撒谎，他去找过去有交往的几个文学爱好者了，一家小馆，大家见面很亲切。

"人都说你发财了，全镇过日子挺上数的，啥路子？"

"孩子在城里打工，遇到好活儿了，挣得不少。"

"有人传你给瘸三儿当秘书，他出手挺阔的。"

"没有的事。"

"这几年你啥都没写，可惜了，当年你可是咱们这帮人的领袖呢。"

"退休后，身体一直不好。最近好些了，这不找你们来了，打算重新出山。"

"好哇，你带着我们，把咱们县的文学事业搞上去。邪了门儿了，我们印象中，瘸三儿不识几个字呀，他怎么能成作家呢？"

"酒来了，来，今天咱们好好喝。"

"钱真能通神？"

"我相信能。"

回去的路上，借点儿酒劲，从心里到腿上都觉得轻飘飘的，那楼座子还在，自己挣的，那种心累没有了，打这以后，有吃有穿，可以给自己写东西了。他有钱发十篇我没钱发五篇总行吧，时间有的是，再说了，以瘸三儿的实践证明，我的小说还是不错的，多少个名家评啊。卖给他，除了钱也不是啥也没剩，至少说明我的作品还不那么差。我写我拿出去发表行吗？瘸三儿那怎么办？他后悔了，上午的话没说透，我的意思是不给他干了，他没明白？可话咋说透哇，说透了他翻脸咋办？别着急写，写了也别着急发，等等再说，过段时间，万一瘸三儿找别人呢？现在的瘸三儿可不是当初了，省里都认识一大批人。找别人？李进心里有点儿酸溜溜的，钱让别人挣？可这几年心里确实不痛快，自己的作品用他名发，而且他名利双收，不知道自己的作品能成这么大气候。

二十里地，走着回去的，李进想得很多。看见家里的灯光了，心很暖，天又快凉了，该买些煤，家里的台灯也该换，稿纸还有，应当买台电脑，能省邮票钱。

李进离开办公室，瘸三儿开始撕纸玩，那纸都是一叠叠的邀请函、约稿信，五颜六色的纸，撕起来费劲，经撕。瘸三儿撕得趣味津津。撕成一堆，他倚着桌子站起来，捧着冲窗外扬去，那天有风，纸片在院中起舞，像个五颜六色的春天。

一场游戏，他玩够了。

老婆进院，呆了，不知瘸三儿在干什么。瘸三儿说："你进来，教我识字。"

"我能行吗？"

"能看书看报就行。"

"咱请个老师得了。"

"你傻呀？还有你该怀孕了，咱们治不孕症，你不怀孕说不过去。"

"还能行吗？"

"想办法。"

回到从前？

虽然作代会没开完就回来了，可在会上名片发了不少，回来后，瘸三儿的手机响个不停，江水凉了，是吃鱼的好季节。这年头作家多，财主也多，既是作家又是财主的就不多了，况且是出手大方的主呢。

他说他在外地，想到他这儿来做客的还有作协的主席呢。

出版社来电话说，他那本《遥远的乡村》可以再版，这次书号钱就不花了，只要包销就行。

"不印了。"

"不好吧，我们曾签过合同的。"

"那就印吧。"一个月后，书拉来了，有半卡车，停在院子，瘸三儿没卸。他站在车尾，想起四年前给父亲烧纸那天，那装稿纸的车同这车一样，于是他吩咐人将书用雨布盖上，晚上会有雨。

老婆说，省里又来电话了，说什么作家采风团要来咱们县，好几十人呢。

"来吧。"瘸三儿想好了。来的那晚，酒喝得顺风顺水，一个个抱着瘸三儿称兄道弟。晚上是篝火晚会，弄只全羊在场边烤着，啤酒成箱的，就在瘸三儿的山庄里。木桦支成高高的架子，架子里实实的，有墨香飘出，那书是新新的，那个叫主席的拣出一本：

"为啥？"

"送到天上给我爹看看。"

泼的是柴油，浓烈的油味将人们逼到了一边。那火烧得很有气势，也是壮观，几米长的火苗在人圈中起舞，纸灰伴着"噼啪"声覆盖着整个的庄园……没人跳舞。

第二天，作家采风团悄悄地走了，是去别的地方还是回省城了，无人知晓。瘸三儿告诉人，把院子弄干净，看这天气今年雪会下得早。

那个冬天很平静，医院由老婆打理，瘸三儿只是看书看报。重将那本《遥远的乡村》看了一遍，他能觉得李进写得还行。屋外的草开始泛绿，他想起过几天该给父亲上坟了。

"出事了，有一家人来告，说在咱医院阳痿没治好还得上了性病。"身边的弟兄们抄起镐把就走。

"你们回来，别再打了，啥时是个头。"瘸三儿放下书，揉了揉眼睛。兄弟们好像不认识那个当年的三哥了，以前出事不都是这么弄的嘛，对付乡下人好使着呢。

"去问问给俩钱儿行不？"

半个月后，那家把瘸三儿告上了法庭，不依不饶的。卫生局的来了，工商局的来了，公安局的也来了，过去都是老朋友，挺挺的肚子里还装着昨夜瘸三儿的酒呢。给面子没抓，但医院是开不下去了，不知为什么，瘸三儿显得心平气和。

庭院里变得出奇的冷清，小兄弟们没了依靠，都各奔东西，说咱们三哥不当作家后倒真的有点儿作家的范儿了。

瘸三儿有天在门前将拐杖耍了个花儿，劈、刺、扫、撩，双肩无奈地垂下，气喘不平，心无力，瘸三儿这回真的瘸了，他自己永远想不明白这是为啥。

排队

现在的脑袋肯定像个半扁的冬瓜。

我被夹在两个大人之间，脸正顶着人家的屁股。今天排的是鸡蛋，妈妈把我放到队尾时告诉我的，还说买到后，晚上就吃，不用等到后天过节。她要上班，下午有课，当老师的不能耽误，即便没课班还是要上的，那时上班可不准随便请假。我的前面有七十多人，最前面的十几个在屋里，然后，大家从店门口顺着墙边往后排，按说墙边遮阴，可这是下午，太阳正冲着墙，毒着呢。把头扭出队来，稍好受些，只是又渴了，还想撒尿。前头哪儿来的大人，身上脏得很，也不知啥味，反正特难闻。心里琢磨着他可别放屁，一旦放了，那我可糟了。后面那人也不把我当回事，挺厚的布衫捂在我的头上，大热的天你穿得那么多干啥？

再不好受也不敢动，万一被谁挤出队，再挤进来可就难了，说我刚才就排在这儿，没人替你说话，谁先买到谁高兴，那时的货一会儿就卖完。况且你是小孩，小孩是没人在意的。我坚持，我挺着，爸爸时常说，只要学会挺着，这年月就能过下去。

真要买到鸡蛋，妈妈说给我煮个大的，排队了有功，别人不能吃煮鸡蛋，煮着吃太费。鸡蛋票，一年也就发两次。一家分三斤或是两斤，我不太清楚。我想啊，有一天，买鸡蛋不用排队也不发票，随便买，有的是还不贵，孩子们可天天吃，上学还带两个，同同学撞着玩。我爱吃鸡蛋，特别是煮的，不用别人给剥皮，先吃蛋清，再吃黄，嗯，没吃够过。我还想，妈妈快点儿来，把我从队中换出来，让我跑到空地上喘口气。不但妈妈来，到我们这儿，还能买到，一个下午没白排，晚上还能吃到……

人缝中我见大雁北去，也排着队。我，不愿排队，即使有鸡蛋吃，要是小捞儿在就好了。

那年我七岁，在县城，县城是"过去"的那种，离省城远，离现在更远，你们的父亲和爷爷都去过那个地方。啥样？朴素的街市住着朴素的人们。我家那块儿人称教师大院，有些洋气的地方，知识分子聚集的地儿，房前屋后很干净，没人砍周围的树当柴烧。下雨时，我们院的人都打伞，别院的人们只披张塑料布。

除了上学就是干活儿，那时家里活儿多。孩子也干？干，一年四季总是忙不完。一车煤拉进院里，每天都要往上搓一搓，别在走路时把煤块儿带出去，金贵呀。光烧煤还不行，要有柴火，上街买？那家就不会过日子，孩子们要到野地里捡。七岁的我，干不动太重的活儿，于是就上街排队，只有排队我才当个人使。

排什么队？

买东西。那时买啥都发票，到指定的地点，人们排着队，票上写多少就只能买多少，去晚了，货就会没。粮食也那样？是。买不到会饿肚子？人精着呢，一般家里多少存点儿余粮，但有卖的就得买，不能等没了再买。

孩子多学校少，一个教室是两个班，分上下午上课。那时没校车，放学时老师喊："一个方向的要排队走。"

排队，一个年代的生存标志。

我不爱排队，一出校门就同领队的编个瞎话，然后一个人，绕着弯，先去百货商店，从柜台这头往那头走，挨件商品看，兜里没钱也没票，就是看着玩。再到县政府去，那个院里有台轿子车，一般不动，若看见它开起来，我会幸运好几天。有时也绕过看门人，跑到县里唯一的四层楼顶，从窗户往下看看，一种长大了的感觉。

街上每天都有人排队，吃的、用的，越常用的排的队就越长，从店里一直排到门外，再排到马路上，沿着马路一侧，人们遵守着秩序。排着就能买着吗？不一定，每次排队总有人买不到，货卖完就完了，关门，剩下的人，散了，或问问下次还啥时来货，心平气和。

人们生活中最恶劣的行为是夹塞，你忙谁不忙啊，说家有病人，说一会儿开会，说孩子等喂奶呢，没用。大家七嘴八舌，后面排着去。只要排上就是位置，就是资格，就是权力，就是有钱有处花。排上以后，唯一的兴趣是查前面还有多少人，还多久能把钱花出去。若要排到窗口时，心里怦怦跳，千万别卖完哪。那时世上最倒霉的事是已经排到了，柜台上或窗口里没货了，卖货的人一摆手，那心哪。

排得久了，撒尿咋办？总喝粥尿多。若卖的是日常用品就好办，在自己的位置放块砖头，或把自己拎的口袋放那儿，后边的人自然知道有人，队伍往前挪时还会用脚帮你往前踢一踢，人心还善呢。

买鸡蛋不行，那是给过节发的，今天卖了明天不知还有没有，即使节后还补，那过节咋办？日子不富裕，有节过才觉得幸福，辛苦地走着，过节是喝口水、吃顿饱饭、歇一歇的驿站。

富人不用过节，可那时没有富人。

平时干排队的活儿孩子挺多的，玩似的，也给家出力了。排在队中一会儿就认识了，于是就坐下来，在地上画个游戏，那种游戏叫"走五道"，横竖都是五条线，形成九个方格、二十五个交叉点，每人拿五个石子，互相吃子，剩得多为胜。队伍前挪，等下完一盘再回到队伍中，再画一个，这不叫夹塞。

春夏秋排队都还行，排上半天或一天都不觉什么，只是有些饿，不要紧，饿对人们来说是日常生活，总饿就习惯了，渴就更好挺了，挺着，啥都能挺过去。对孩子说，上课重要还是排队重要？因家长而定。多数的家长觉得排队重要，过日子呀。上学怎么了？上完不还得过日子。不考试，上够年头就能毕业，毕业就下乡。

冬天排队就难挨了，零下四十多度，北风像小刀子似的刮脸，一件小棉袄，里面从没有什么衬衣。防冷的办法是跳脚，是原地跑步。孩子们发明了一种游戏，叫"一二一"，两人对面准备好，然后数着一二一，就互相踢对方的脚，你的左脚去碰他的右脚，有节奏，甚至唱歌，最高的境界是两人跳在空中再碰，跳一会儿，脚就不那么冻了。

孩子们排队兜里没钱也没有政府发的票，只是排队，要的是位置，在位置上等大人来，大人在家在单位或别的什么地方忙各自的事，觉得差不多了，就带钱和票来把孩子替换下来，上前买东西，这在那时的排队政策上是允许的。排到了该拿票递钱的时候，大人没来咋办？再往后让几个，直到大人来了为止。有时也着急，见柜台里的货剩得不多了，大人还不来，哭也没用，一个劲地回头，若大人被啥事耽误了，到了也没来，孩子回家也会发脾气。

不排队不行吗？不排没法过日子。排队不好受可也是幸福，好多人羡慕你呢。能排队了证明你有城市户口，国家管你吃喝，你敢在街上打架，敢横穿马路。城市户口是一个阶级，是一种特权。

我通常要找个伴儿，以前喊着小捞儿，现在没处喊他了。

小捞儿曾住在我家的隔壁，只是我家是砖房，他家是草房，是在我家的房头接出来的一种房子，低我家一头。他比我大两岁，死犟的，他敢跟大人打架，打不过不要紧，他跟你较劲。哪个大人惹着他了，他就抱块石头或别的什么，跟着你，你回家他跟你回家，你上班他跟你上班。反正你不能整死我，你打我，我就大声哭，把大人磨得没招儿了，特别在人多的地方，丢不起那人了，就服了，甚至还给他买根冰棍啥的，叫声小祖宗。

　　"下午上街吗？"小捞儿探头在我家的门边，我瞅瞅我妈。

　　一般在出门时，妈妈跟我到门口，天暖时给我三分钱，那时的冰棍是三分钱一根。冰激凌？没听说过。天冷了，她就将自己的围巾给我围上，将鞋带重新系一下，吩咐别跟别的孩子打架，天冷时别坐地上，实在冷时就回来，别喝水沟里的水，一会儿你爸就去换你。

　　"去吧，买点儿高粱米去。"

　　我找条口袋，小捞儿兴高采烈。我纳了闷儿了，他家没有城市户口，街道不发他家票，他为啥爱排队？找到粮店，他总要排我前头，见着认识的人，就主动打招呼，离着老远就说话，把头扬着。太熟的人就问："你家户口办下来了？"

　　"那当然。"

　　不太熟的就不问，于是小捞儿就成了城市人。

　　"今天你还没票？"

　　"嗯，可他们不知道。"

　　"咱俩玩一会儿。"我找根棍，在地上画起方格。

　　"不，我还排队呢。"

　　"你不玩，我就说你是农村户口，人家不让你排。"他最怕我提户口的事。

过了多长时间我忘了，同小捞儿正杀得天翻地覆，一只大脚将我们的石子踢个乱七八糟，爸爸一脸怒气，眼见着粮店的门关了。我傻眼了，排队的人也不知是啥时散的，就又挨了两脚。

家里的锅里水烧开了，我和爸爸两手空空，妈说："还有点儿面，那是留给过节的。"

"吃吧。"

做的是面条，我犯了错误，就没敢多吃，那馋虫搭在嗓子眼，浑身的不舒服。

我们的院很特别，四趟房有树围着，县里人都称教师院，出来进去都是有文化的人。小捞儿家在院边上住，可他不是我们大院的孩子，因为他爸不是教师，是给学生做饭的，上下班一身油腻腻。虽然教师们也同他打招呼，可骨子里是不正眼看的，虽然"工人阶级领导一切"，可知识分子还是闻不了他们身上的汗臭味，要不说得对知识分子进行改造呢。家长们的意识影响到孩子的行为上，玩起来就分帮了。小捞儿我有时也烦他，除了穿得脏外，还啥都吃，吃榆树叶、生茄子、生辣椒也就算了，他捉只蚂蚱也把大腿拽下来放到嘴里，说他家在山东闹蝗灾时，村里人都吃这个，吃蚂蚁的肚子，还说好吃，酸酸的……

同小捞儿玩，他高兴，同我在一起像有了某种身份。我找他是因为他听我的话，一个比我大还比我长得高的孩子听我的话，那是很风光的事。为啥叫小捞儿呢？他有五个姐姐，生出个男孩儿在他家可谓是惊天动地的大事，想再"捞"来一个男孩儿，万一有个三长两短的呢？他妈总跟别人这么说。还有就是他在家没事，不用干活儿，五个姐姐能干，他是他家的宝贝，不干活儿也行，我每次找他他都能出来。他一般不找我，找也不进屋，说我家干净，书太多，瞅着害怕。书多让人害怕吗？

那天排队买冻梨，年三十儿晚上吃的。天气够冷，小捞儿说："你在这儿排吧，我可回家了，快被冻死了。"

"在这儿吧，还有三十四个人就到咱俩了，我爸来买到后，我给你几个。"

"我想走，我娘说今天我家杀鸡……"

"你走吗？我站你这儿。"一个半大小子挤了过来。

"我不走。"

"你才说的，瞅你冻得这个熊样。"

"走我也不让给你。"小捞儿推开那小子。

"还以为我不认识你呀？你爹是学校做饭的，一家盲流。还排队呢，你有票吗？哪天把你们一家从城里赶出去。"

"就有，就有，你才是盲流呢。"小捞儿的声音变小了。

"大家看哪，这小子没城市户口，没发着票还跟着挤呢。"那小子喊了起来。排队的人都看着小捞儿，像他偷了啥东西。小捞儿的脸一红一白的，小狮子一般。跑出队伍东一头西一头地找家伙，大雪天没啥呀。跑出很远搬着块大石头，石头太大，他趔趔趄趄，没抱到跟前就扔到了地上。看热闹的人都笑了，这下他更急了，一头冲那小子撞去。啥叫半大小子？十六七岁的样子，没轻没重的主儿。见小捞儿冲来，一躲，抬起脚向小捞儿踹去，小捞儿一个仰脸朝天，脑袋正撞在他搬来的石头上，一抱头，手上都是血，天寒地冻的。就这一瞬间，我被吓哭了，那时的人心好着呢，队也不排了，几个大人背起小捞儿就往医院跑。

我哭着跑回家先告诉小捞儿他娘，他娘带着几个姐姐去了医院。

我回到我家还一个劲地哭，手上还沾着小捞儿的血呢。

几天后听大人说小捞儿死了，死是永远吗？我还不大相信。不敢去小捞儿家是真的，好像我做错了什么。

大年过后，有天我路过小捞儿家的门口，见他娘在雪地里坐着，眼睛直勾勾的。我就小声说："小捞儿还回来吗？"他妈"嗷"的一声大哭起来，母狼一般，头还在撞墙，花白的头发上浸出了血。

打那以后，我一个人去排队的时候多，有时妈妈不让我去，可我自己愿意去了，总得为家里干点儿啥，想起小捞儿我就变得懂事。走出门后，心中常有一种庄严，我要成为个有用的人，对得起我每月的二十斤口粮，从这点想，我还对得起政府。

出去排队一般是有目标的，家长说在什么地方，卖的是啥。可有时到那儿后，一个人也没有，那天又不卖了，回家。有时为了心中的那点儿庄严就不回家，再找个排队的地方，先排上，然后用眼睛找熟人，往家里捎信，有人排队就是买东西，卖啥都行，反正都是过日子用的。

那天就是这样，这里没队可排，找个有队的地方，排上后问前面的一个大人，他不理我，一脸严肃像个干部似的。我又捎信回家了。

县城小，街里晃荡的有好多认识的小孩子，有人称我们是胡同串子。一会儿，爸爸来了，快过中秋节了，可天气还很热，爸爸满头大汗。他问出来了，是卖猪蹄。爸爸一脸疑问，街道上没发过买猪蹄的票哇？

"你是县委的吗？"

"不是。"

那人嘴一咧："啊，这是我们县委的事。"他觉得我爸很可笑。

这事也常有，今天就是，买猪蹄的票是县委内部发的，他们是领导人民的，吃点儿好的应该。我爸把我从队中拽出来，这队白排了。

"你是一中的任老师吧？"我的身后有人说话了。

"是，你是？"

"我也是一中毕业的，柜台上的那个售货员也是咱们一中的，六八级三班的，姓杨。"

我爸低头看了一眼眼巴巴的我，悄悄地绕到柜台前。不但认识，她还当过物理科代表，我爸是教物理的。我爸站着，不吱声，没法开口。她抬头了："老师！"

"哎。"

"排队了吗？"

"排了。"

"排吧。"

我爸摇摇头。

"我知道，排吧。"

我爸回到我身边，这时的我又找到刚才站过的位置挤了进去，他犹豫着走了，一会儿又回来。内部发票排的人不多，一会儿就到我们这儿了，我爸递上同他们拿的一样的纸片还有钱，姓杨的阿姨看了看，没将那纸片放在盒子里，而是揣进了兜，遂将最后几个放到秤盘上……冲后面的人说："今天就这么多，明天来吧，有票的都能买到。"

我爸递上口袋。他为啥不敢抬头？转身的时候，那阿姨说："谢谢你，老师。"

回家的路上我爸走得飞快，根本就不管我能否跟上，口袋并不重，可他却弯着腰一声不吭。

"爸，你不说没有票吗？你哪儿弄的？"

我爸不理我。不理我我也不生气，我有个出去就能弄到票的爸爸，真厉害。

进到院里，我妈倒下口袋一惊："哪儿弄的？"

"买的。"

我妈笑得真灿烂，整整十个，堆在院里小山一般。我妈在院门口拢了一堆火，挨个烤着，猪蹄发出"吱吱"的响声，那味一点儿都不好闻。那是我家从未有过的幸福的中秋节。

弄了几个掰成块儿，放上土豆，炖了一锅，我爸说，煮个整个的，单给小恒。我就叫小恒。

晚饭时，我爸还买瓶啤酒，那是他高兴的标志。

"既然只发给县委内部，你哪儿弄的票？"

"我没票。"

"小恒说你也给票了。"

"不是票，是我在一张大字报上撕的纸边。"

"为啥？"

"卖货的是我学生，身边都是县委的人，别让人知道她在走后门，找个工作不容易，别给她添麻烦。在课堂上我常同她们说，做人要正，党不让干的事别干，走后门是挺丢人的事。"

"不买就得了。"

"排队的孩子中，就属小恒瘦。"

那晚我爸喝醉了，躺在炕上样子很怪，不知道是不是高兴。打那以后，我更喜欢排队了，还很上瘾。

找不到小捞儿之后，我同哪个孩子结伴都不长久，他们不专业。小捞儿，我想他。

春天来了，不冷了，有些饭不热也能吃，比如窝头。我们挪到上午上课了，我就揣个窝头，下课后从街里绕着走，边走边吃，看看人再进商店转一转，我不是个淘气的孩子，回去晚点儿，妈妈也放心。天气不冷，心情也好。

那天在县委门口，又有人排队，我琢磨，县委也卖东西了？真好。不管什么，排上再说，让我碰上了肯定是好事。队伍中没有孩子，这让我纳闷儿。正巧，我们院的彬彬在路上走。

"彬彬，你回家告诉我妈，说我在这儿排队呢！"

"我不管，前天我倒脏土让你帮我抬一下你都不干。"

"下次帮你抬。"

"那我也不管。"一溜烟儿跑了。我相信她会去我家的，她妈和我妈在大学里是同班。

我妈没来，我爸也没来，本来就没多少人排，那桌前就剩我一个人了。

桌后面坐着的人问我："是你爸让你来的吗？"

"是。"我理直气壮，别因为我是小孩儿，排队不算数。

"你爸很忙？"

"那当然。"

"你爸是干什么的？"

"一中的老师。"

那两个人眼睛一亮："就缺老师，还没有一个报名的呢。你爸叫什么名字？"

我当然知道。"你们这儿卖什么呀？"桌后的人一笑，没说。

彬彬真没去我家，我很生气，她要再同她妈到我家串门儿，我绝对不理她，不给她看画本，最近我爸还给我一套手工册呢。刚才排队卖的是啥？因为没花钱，我马上就把那事给忘了。

几天后，我爸没下班就回来了，同我妈说："有小道消息说，县委让我去农村支教，这次是自愿的呀，我没报名。"一脸愁容。

我妈脸也白了："能是真的吗？"

"听人说有我。"

"会不会弄错，小道消息不准。"

"真要让我去可咋整，这几个孩子……"

"不会吧？咱没报名。"

"谎信儿？我真的没报名啊！"

那消息是真的，我爸唉声叹气，我妈呜呜地哭着。

"找县里的人问问，这是咋回事呀，咱没报名啊？"

"事定了，还咋问，问就是不愿意去，支援农业生产第一线，投入到火热的革命斗争中去，你不愿意？"

"就问他们是不是搞错了，咋上的名单？"

"不敢问，我家的成分是地主呢。去是革命派；不报名、不吱声顶多是参加革命运动不积极；名单上有你你说不去，那事可就大了。好在就是一年，挺挺吧。"

"多少事我们都挺着，啥时是个头。"说这话时已是深夜了，炕上我们三个孩子睡得无忧无虑。把灯关上，我爸说了一句梦话："我真的没报名。"

那天，县城里红旗飘扬，锣鼓喧天，我妈带着我们送爸爸，他坐在一辆解放牌的货车上，抱着行李，一双呆呆的眼睛瞅着车下的我们……

两个月后，爸爸回来一趟，同妈妈说，他被分配的公社没有中学。

"那你教啥?"

"小学。"

"你没教过呀?"

"不难，五个年级加起来十四个学生。"

"那是学校?"

"算吧，山里头，孩子们学几个字真不容易，公社上说我是大学生，有学问，那里更需要。"

"你住在哪儿?"

"课桌一拼。"

"吃呢?"

"屋外棚子里有个锅灶，乡亲们对我还好，常送些青菜来。"

"我上街领肉去。"

"先别的，烧壶开水，把我的衬衣烫烫，长小动物了。"

"晚上的吧，洗个澡去。"

"我一会儿就走，明天给孩子们上课呢。"他挨个摸摸我们几个的头……

爸爸不在家，妈妈不咋让我上街排队了，说有些东西等你爸回家时再买。可我一见着有人排队就往上凑，有瘾哪。

一年也真快，又是个春天，县里又打鼓敲锣了，说农业革命第一线涌现出好多先进人物，特别是支农的干部，也有表现好的。我爸所在的公社将我爸报上来了，说他不怕艰苦，教课认真，一个只有十四个学生的小学，已发展到四十多个学生了，邻村的孩子都奔着他，任老师教得好。

县里听说后像中了大彩，马上找人写材料，说要让我爸在全县巡回演讲用，作为由不革命到真革命的典型。材料写到一半，觉得讲用稿里的事迹不那么惊天动地，就到我们家来了。我妈翻开材料看见下面一段话："任老师他虽然出身剥削家庭，可他勇于背叛他的过去，虽身在课堂却心系农业革命第一线，在百忙的革命工作中，他怕错过为人民做更大贡献的机会，让自己的孩子替他到县委报了名，终于光荣地得到了献身革命事业的难得的名额，他要将有限的生命投身到无限的为人民服务中去……"

带材料来的那人说："你丈夫要成为先进人物了，但事迹还不感人，还不伟大，县委决定，让任老师主动申请，要将家也搬到山村去，为农村的教育事业，扎根一辈子……"

至于最初支农报名的事，也搞清楚了，我爸传回了话，别问孩子，别问，直到永远。后来我也不知道，因为不知道我才健康地成长着。

为我们搬家的是辆马车，院里的人们默默地送出来，彬彬和彬彬她妈都哭了。

马车走到天黑才见到大山，说落脚的地方在山的后面，大山像两扇门，后面是啥？我有些害怕偎在妈妈的怀里。

"我们不去不行吗？"

"不行。"

"咋不行？"

如今的县城真的成为城市了，我们的教师大院高楼林立，我很少回来，包了二十多亩地，没空。有一种叫雨的东西，若一年中不多也不少，我的日子还行，家人都活着，身体还好，一到春天就望雁阵拍空，鸣声北去，每个年三十儿，各自还都倒上一杯酒呢。

后来我什么都知道了，知道了人就会变老。

有胡子的童年

妈妈说，从前的我不会走，只会跑，一放到地上，小兔子一般；

妈妈说，我打小话就多，大人孩子说啥，没有我插不上嘴的；

妈妈说，我从小就懂事，有病打针从来不哭……

我又"作"了，把馒头扔在汤盆里，船一样用筷子捅来捅去，捅沉一个再扔里一个，妈妈看着也不说什么，她知道我心烦，默默的，有时她哭。

轮椅上湿湿的，有尿没同大人说。

又到晚上，窗外有风，贴在窗上的布条没粘好，在风里抽着玻璃，"啪啦，啪啦"。量角器似的月亮在窗角射进来看我，还照在墙上挂着的冰刀上，我好久没碰它了。我那两条腿自七岁后就再没长过，也不动弹，五年了，扔在轮椅的脚蹬上，跟我已经没啥关系。我再耍驴，妈妈也不打我。

不是我想耍驴，是我心里有个东西在耍驴，像个小人儿在闹我。心烦，小孩也知道心烦？我知道而且是大人的那种。今天我又没上学，不去就不去吧，妈妈也没上班，屋里屋外地哄着我，给我做好吃的，可我还是心烦。

窗外，提琴还在响，是萨沙拉的，都下雪了，他还没走。我一整天没见他了，不愿出屋，他不走，莫非他还在等我？他的手不冷吗？吃没吃东西呢？他说话总流口水，胡子上净是冰凌，就那样他还总笑，有什么可笑的，一个不知道家在哪儿的人。我妈说，萨沙在苏联多是小孩的名字，他大名呢？他说，他就叫萨沙。叫他老大爷或老爷爷他不高兴，外国人都这样吗？

我想给大家唱歌，可学校合唱团不要我，坐着轮椅怎么排队？我说："上台时，我在同学的后面，不露脸。""那也不行，唱高音，你的脸通红，小胸脯鼓鼓的，瞅着让人害怕。"可我想唱歌，虽然，唱歌时我很累，总是上不来气，有时还头晕。

"我唱歌好吗？"我妈说好，萨沙也说好。

从窗口瞅出去，是我们的院，呈椭圆形，我家的房子也是半圆的，一座独立的小楼，两层的，楼梯很缓，我把着栏杆自己就能下去，楼梯栏杆分五条，有花纹连接，妈妈说，那不是花纹是音符，不是12345的那种，像蝌蚪，挺漂亮的。出了院门口是中央大街，哈尔滨最繁华的地方，净是外国式的房子，那街是石头的，一块块像面包。我说了，我妈说真的叫面包石，听人说很贵的，一块石头值一块银圆。现在值多少钱？雪下在上面，常被刮走，同落到土地上的雪不一样，我妈说，这季节在咱山东老家，树上的果子还没落地呢。

我有病，啥病我也不知道，反正别的孩子能跑能跳，我不能，只能坐轮椅，说起这儿，我妈总是哭，因为我以前不这样，活蹦乱跳的。是病还是打针打的，不知道，反正就突然不能动了。我们院住四家，十来个孩子呢，那时我最淘。这房子有些怪，四家只有一个卫生间、一个厨房，方厅是公共的，方厅里有个壁炉，是我们钻进去捉迷藏的地方。

妈妈说，以前这是一家住的，外国人，有钱着呢。

萨沙没钱，在我们院门口不远的地方，将个破旧的礼帽放在地上，他或站或坐着拉提琴。他的胡子老长，是不刮还是喜欢那样？不知道。人们都管他叫要饭的，可他从不张嘴要，帽子里有钱他拉，没钱他也拉，一天一天的，我记事他就在那儿。

那天，妈妈问："今天去上课吗？"

"不去。"

"不去不去吧，今天你爸回来。"我爸是军队上的，不常回家。我在桌上拿了两个鸡蛋，煮好的。妈妈说："别过道，别揪萨沙的胡子。"我用轮椅的脚蹬撞开门，全院听到那种开门声都知道是我出去了。我熟练地扶着楼梯栏杆，一点点地往下挪，妈妈在楼上看着我，以前她帮，现在不了。

我常问萨沙："你会说外国话吗？"他说："中国话都说不好，更不会说外国话了。"总觉得他在骗我，我就揪他的胡子。大人跟我说话总是站着，我得扬着头，他不，他会蹲下来，平等的，我很高兴。

我想唱歌是因为他，一听到他的琴声，我就想唱，唱啥不知道，就是想唱，当然还想跳，可我不能跳。鸡蛋不能轻易地给他，得让他背着我，他很穷但不脏，身上还有好闻的味，是烟草味，淡淡的香。我爸也抽烟，还是很贵的那种，可爸爸嘴的烟味特难闻，我曾说，爸爸你也抽烟斗吧，像萨沙，可爸爸抽不惯。

"今天咋不上学？"萨沙把我重新放到轮椅上。

"再也不去了，学校不好。"

"不上学长大咋办？"

"跟你要饭。"

"你又不会拉琴。"

"我学唱歌，跟着你我就饿不死。"我没把他当老人，也不想人会死的。萨沙笑了。他笑时，只能看到眼睛眯眯的，他的嘴是埋在胡子里的，我常想他吃东西时多费劲哪。

"你唱个歌我听听。"我唱了，唱的是《东方红》。

"唱得挺好的，合唱团为啥不要你？"

"我没有腿，不能站起来，没法排队。"说时我不看萨沙，声音很小。萨沙在剥鸡蛋，他的手在抖动，天有些冷吗？"我没真的想排在他们中间，我知道那是挺难看的，就是想跟他们一块儿唱歌，演出时，我在他们的后面，不露面，可那也不让……"

萨沙开始拉琴了，拉得很悲伤，我听得出，每到这时我不想说话。街上没多少人了，那时人都上班，都很忙，没几个人逛街，冷清的中央大街，好像就我们两个，一个乞讨的老人，一个残疾的孩子，零星的雪，还有点儿风，琴声在风中或远或近。这样的景象持续好久了，那时我还没上学，院子里的孩子都上学了，我就将轮椅弄到院门口，同萨沙在一起，有时说得很多，有时不说话，望着长街和街的尽头，或春或秋。

"老师还说我，坐着唱歌没胸音，音调上不去。"琴声停了，萨沙瞅着我："你还会唱别的歌吗？孩子们自己唱的歌。"

孩子唱的歌？没有哇，那时候孩子同大人唱的都是同一种歌。萨沙端详我半天："东东，你心里最想干的一件事是什么？"东东是我，大名叫向东。

"我想跑，想蹦蹦跳跳地跑。"

"嗯。"

"想像小兔子一样，想去哪儿就去哪儿，天上有太阳，地上都是青草；会跑我就不睡觉，就不在屋里待着，穿着白球鞋，到江边看船，去郊外看鸟；蹦着上学，跳着出操，没好吃的也高兴，就是跑，就是跑，就是跑……"

萨沙再没说话，呆了半天，"东东回家吧，爷爷要工作了。"他第一次说他是爷爷。工作？他有什么工作？地上的礼帽里一分钱都没有。那天，他很晚很晚都没走，拉的琴声时断时续，乱七八糟的，啥时走的我不知道，我睡得也很晚，总想着萨沙告诉我，明天还见面。

自从腿坏了，我就没了朋友，没法玩，脾气还不好，总骂人，手里还常攥着石块儿，因为小孩儿打架我撵不上他们，于是就没人跟我玩。我不愿这样，可管不住自己，同萨沙好些，他顺着我，还有他也像我一样，是一个不幸的人。我同他说的最多的话是："给我讲个故事吧，你们国家的也行。"他就讲，可好多故事不好听，开头总说："那时我还是个孩子……"总比没人同我说话强，他唠唠叨叨地讲，我有意无意地听，反正我没事可干。那天，他说要讲个让我猜的故事。

"那时我还是个孩子，我家的门前有一片水，曾是很美的湖，一到春天就有一种鸟飞来，那鸟叫起来总是'谁儿、谁儿'的，我们那群孩子就管那鸟叫'谁儿'。红红的嘴，灰白色的羽毛，长长的脖子。忘了从哪年开始天旱了，湖水一年年地减少，以前来一群，后来就来几只，再后来就剩一只了。有一年，水完全没有了，成了一片草地，草地上还有死了的鱼呢。那只'谁儿'还飞回来，落到一棵树上，每到早晨，'谁儿！谁儿！'地叫着，我们就该起床了。那年秋天，'谁儿'没飞走，在那棵树上做了个窝，它要在这儿过冬了，可它的羽毛并不厚……它咋不回南方？"

"草地里有虫子。"

"那么冬天呢？"

"那为什么？"

萨沙眯起眼睛摇摇头，不告诉我。

萨沙说，今天他要教我唱歌，手里意外地拿着一叠纸，纸上爬着好多小蝌蚪，像我们楼里的栏杆。歌的名字叫《小兔子》，一句一句，他小声教我大声唱，他的声音也像个孩子。这歌我喜欢，没有高音，同大人唱的歌不一样，像说话似的："我是小兔子，蹦蹦跳跳，蹦蹦跳跳；天上有太阳，地上全是青草……"

那天正在唱时，妈妈同邓老师不知啥时来的，站在我们的身后，邓老师昨天就该来，因为我四天没到校了，她是我的班主任，还是校合唱团的指挥。

妈妈听着听着就哭了，为啥？

邓老师盯着萨沙手中的那把琴："真是把好琴。"说着轻轻拿起来，看琴背上的一行俄文，眼睛突然变大："你叫戈日诺夫？你认识卡嘉吗？"

"不认识。"

"我是她学生，她教我弹钢琴。她回国时还让我帮着找她的老师。"

萨沙接过琴，又一首悠扬的曲子在胡子下流出，邓老师盯着萨沙，遂在口袋里掏出些钱来放在礼帽里，萨沙看都没看。

"这《小兔子》是你写的？"邓老师翻着那几页纸，萨沙没听见，继续拉着，那是另一种曲子，在曲子里我好像看到苏联的乡村，辽远的乡村，有河水，有树，有薄雾在飘。他想家了？老头也会想家？妈妈说，邓老师对我有话说，回家时，我突然对萨沙说："'谁儿'老了，它飞不动了？"

萨沙摇摇头，笑了。

我说："不去，这周不去，下周也不去。"坐在我家的邓老师很为难，两手搓着。

"那在咱们班上你给同学们唱歌行吗？"

"没意思，没有台，还没有大幕。"

邓老师瞅着妈妈："合唱团在准备'哈夏音乐会'的演出，校领导不会同意的。"

"东东变得不懂事都怨我，我……"

我已将轮椅转过来，脸冲着墙。

"东东是个懂事的孩子，学习蛮好的，可怜的孩子，这样吧，我们有几次校内彩排，我同领导说说，让他上台跟着唱一次。"

"那敢情好。"

"万一领导不同意，我可就……"

"我派人去说，你们学校的军代表是我们部队派的。"爸爸从里屋出来了。

我上学了，课余时，邓老师用手风琴陪我练歌，不唱合唱团唱的，就唱《小兔子》，我喜欢。邓老师挺好的，有时像个大姐姐，她还背我去过洗手间呢。平时我上学不敢喝水，连牛奶也不敢喝，那天不知怎么了。

在校内彩排时，邓老师把我推到台上，我唱了，开始我有点儿不好意思，台下有好多人，心慌。唱着唱着我就想起我会跑的时候，会跑的小兔子真的好可爱，音符里像有春风，我的眼前就是原野。不管不顾地唱，台下很静，邓老师的手风琴拉得真好。

校长说，挺好听的。

"那得上级批吧？"

穿军装的人说："这你不用管，上级的事我们去说。"

打那以后，所有合唱团的同学都陪我练歌，真的很累，有天我昏倒在了台上，但醒来，我接着唱。合唱团的女孩子都穿绿裙子，男孩子穿蓝裤子，蓝天的蓝。我说："我戴个兔帽帽吧？"

"不，你穿一身运动服，球鞋染成红色的。"

这些天，邓老师瘦了，但她从不喊累，台上台下地跑。她还找来她的朋友们，组成了一个不小的交响乐队。每天很晚回家，我几乎把萨沙给忘了。

正式演出是在一个周末的晚上，台下前面坐着我的同学和他们的家长，后面全是解放军战士，一色的新军装。开场没有用铃声，是用几声鸟叫，这是邓老师的主意。大幕缓缓拉开，我已经在台上了，运动服是白色的，一双红球鞋像马路上的信号灯。我一点儿都不紧张，我们院的人也都来了，一个个认得很清。我从第一排看到最后一排。前奏起，我唱了："我是小兔子……"

伴唱："蹦蹦跳跳，蹦蹦跳跳……"

"天上有太阳，地上全是青草……"天幕的幻灯片中是春天。

鼻音哼鸣，小提琴拉出和弦……

"伙伴们前前后后，伙伴们欢欢笑笑……"

钢琴弹出一串水声，像有风动：

"就是跑，就是跑，就是跑……"

我在歌声里，觉得自己就是只小兔子，会跑会跳，水边和原野哪儿都能去，甚至还能飞，草地是无边的，天气暖暖的。可低头看着那双没挨过土地的大红的球鞋，我想哭，后来我真的哭了，流着从来没有过的大大的泪珠，咸咸的歌声。

音乐渐渐地停了，我把头从麦克风前抬起来，盯着窗外，没听到掌声，全场极静。一下子，全场人都站起来了，所有的目光都瞅着我，然后，我就木木的，耳朵啥都听不见了，所有的人都冲我鼓掌。一个长白发的老爷爷拨开人群，走上台来，把我从轮椅上抱起来，端详着我，并为我擦去脸上的泪水，大声说："当整个大森林中全是雷声的时候，我听到了鸟叫，虽然这几声很微弱，可我相信全森林都听见了。"后来听说他是整个哈尔滨管唱歌的最大的官。

妈妈从后台把我接出来，拉着邓老师的手，嘴上下动着说不出话来，又是哭又是笑的，她们抱着。

"谢我？我要谢谢东东，这些天我在做一件我心里最喜欢做的事，每个汗毛孔都是张开的，我觉得我的感情第一次像花一样在开。"

出了剧院门，我看见了萨沙，他意外地没有拿琴，那顶礼帽戴在头上，衣服比往常整洁了许多，站在阶梯上，眯眯地笑着。他是乞丐，把门的不会让他进剧院，他看不见我的演出。他能听见吗？我拽了拽他的胡子，同他说："'谁儿'喜欢那棵树，对吗？"

萨沙笑了，摇摇头。

妈妈高兴，爸爸更高兴，说要请客，院里的邻居也说，该请。那天，从下午开始就有小战士往我家倒腾吃的，我们院的人都将自家的桌子搬到方厅，拼成一个大桌子，每个人都欢欢喜喜的。我说："萨沙是我朋友。"爸爸说："知道，早就知道。"

邓老师来了，我妈拉着她的手，唠唠叨叨的。菜摆上了，还有酒。人们都坐下了，孩子们都围着我。

萨沙进来了，后面跟着两个战士，像押送，他在门口一站，脸色苍白，在发抖，好像不知道发生了什么，我爸穿军装。我说："萨沙，坐我这边来。"爸爸笑了，遂从窗台上拿起个盒子，打开："这是真正的伏特加，友谊商店买的。"

　　萨沙还是有点儿紧张，胡子一动一动，挨着我坐，他在发抖。他四下看着这屋，没完没了地看，没注意酒已为他倒好了。或许好久没喝到酒了，不一会儿一瓶酒就喝光了，萨沙好像醉了，他摇晃着站了起来向屋角走去。那里有架钢琴，被一条毯子蒙着，大家都知道是架钢琴，没人会弹也就没人动，本来就不是谁家的，搬家前就有。毯子上落有一层灰，掀起时那灰弥漫到桌上没人在意，那时是不太讲卫生的。萨沙用袖子擦了擦琴盖并把它打开，看了半天，身子不稳，一下子摔到琴键上，"轰"的一声巨响。接着他坐下了，一动不动，许久，再轻轻地抬起手，指下流出水一样的音符，舒缓、激扬、欢乐、宁静……全屋人都默不作声，真的好听。邓老师悄声对妈妈说，要是能跳舞就好了。

　　一曲又一曲，爸爸倒了一杯酒放到琴盖上，那酒随着音乐泛起了波纹。

　　突然音乐停了，萨沙到桌上拿起一把餐刀，走到一面墙边，连挖带砍，一层层墙皮掉了，是一层布，布撕开了，一幅画出现了，是油画。全院的人谁也没想到墙里会有那东西。

　　"列宾的作品，送给你们。"然后就大口大口地喝酒，他真的醉了，摇摇晃晃想出门，没走几步就倚在地板上抱着他的提琴睡了。

　　"没错，是他。"邓老师悄声说。

　　后来妈妈跟我说，萨沙是他孩子时的名字，他家在苏联的彼得堡，十八岁时就是当地有名的钢琴师了，曾为当时一个叫高尔察克的白军大官专职演奏，现在苏联还有乐团演奏他创作的曲目呢。

"为啥到中国来？"

"他在那面杀了人，有天回家，妻子的房中有个男人，他就把那人给杀了。"

我的天。我妈是听邓老师说的，邓老师是萨沙学生的学生。

那几天爸爸总说，解放哈尔滨时这房子里没人，好长时间都没人，是空的。

那次酒醉之后，萨沙再没到我们门口来，去哪儿了没人知道。暑假时，我推着轮椅走遍大街小巷，只要听到琴声，我就循声而去。我知道他不是没吃的，他应该有钱，只是他喜欢拉琴，他一定在一个没人认识他的地方拉琴，只是不让我们找到他，可我会找到他的。

走在街上，有很多人在帮我，认识或不认识的，我觉得很幸福。残疾也挺好，人们都把我当孩子，永远的孩子。我相信，我能找到萨沙，还要问他，"谁儿"要能挺过冬天，就该下雨了，那片湖水还会有，它盼着，对吗？

一下子长大

注意到家里有它，是我已经七岁的时候，只是一个镐把，把上没有镐头，锃亮锃亮的，瞅着很沉，立在门后。有时爹扛它出门，走起路来一拐一拐。

"爹为啥瘸呢？"

妈妈打我一下："供你吃供你穿。"

"小孩儿时就是瘸子吗？"

"没听他说过，是吧。"

"爹当过兵的，瘸子咋能当兵？"

"闭嘴，喝奶，快点儿喝。"

后来听大人们闲聊时说，爹当的是国军，那腿是解放军给打的，说时有时背着我，有时瞅着我，我家本来就同别人家不一样，只是我刚刚开始知道。

山沟里只我们一家，没孩子跟我玩，一个都没有，即便偶尔有孩子到奶场来，我也躲得远远的，感觉好像我欠人家的，从我爹那儿想。

我爹干那活儿别人不干，说造孽呀，啥是孽？

奶场离农场有二里多地，养着好多奶牛，爹是看奶牛的。白天有好多工人来，男的赶着车，车上坐着的全是女的，一人一个桶，把牛奶挤进小桶里，再倒进大桶装到车上，一车车拉出山沟。白天的爹时常没事干，有事时人来喊。

"二哥，来活儿了。"一般在杖子外，男声或女声。背地里都管他叫任瘸子，有活儿时就叫二哥了。我爹撂下手里正卷着的纸烟，或等一下把烟点着，从门后抄起那个镐把，用袖子擦了擦，锃亮锃亮的，铁的一样，扛到肩上，一拐一拐。

我有时要在他后面跟着，妈妈不让我跟着，在家待着没意思，进场里看人们干活儿还有点儿意思，一般奶场里不让不穿白衣服的人进，说是防疫，跟爹进就没人管。

那天我跟着去了，我七岁了，我妈说话有时可以不听了。

场里大奶牛生小奶牛了。

人说，公的。

爹腾出一只手，拽起刚生的小牛看了看，举起镐把，冲着小牛的脑门，就一下子，小牛死了。爹把那死小牛扛到肩上，一拐一拐地奔大门走去。小牛湿漉漉的，不怎么重，也不出血。那镐把就是干这个的。我知道爹要去哪儿，小山的后面有个大坑，有雨时坑里有水，没雨时荒草长得老高。

干完这活儿，爹就不进场了，回家，把镐把重新立到门后，扯出烟口袋，卷上。

镐把，我从来不动，一是太沉，二是知道那是我家养家糊口的玩意儿，动不得的。

"生下的小牛为啥要打死？"

妈说："公的没用，又不出奶。"

"不出奶就打死？"

"嗯。"

"养着不行吗？场里的牛不都养着吗？"

134

"公牛不养，吃得多还不挣钱。"

"全世界生下的公牛都打死吗?"

"别的地方不知道，咱们农场的都打死，不出奶留着干啥。"

还是有些不明白，不明白就不明白吧，大人们的事，留母牛好，我有奶喝。

八岁时的晚上我听到狼叫了，每天晚上都能听到，妈妈说，不准出屋，拉屎也要在屋里。

"狼离咱家远吗?"

"大沟那儿，吃那些死的小牛呢。"

那天我远远地跟着爹，爹扛着一头小死牛，向后山。到了大沟旁，他肩一抖，头也不回。看见我眼睛瞪起来:"滚。"我紧跑几步到了沟沿，沟底下全是白骨头，老多，老多。

没狼，白天没狼。

跟爹进场的日子多了，我也交了个牛的朋友，它个头比其他牛小很多，别的牛都是花的，它全身的白，只有耳朵是黑的，好玩。另外它走路也是一拐一拐的，像爹。回去跟妈说了。

妈说:"那有啥? 活物里都有瘸子，出奶就行。"

"别的牛总欺负它，喂食料时，不是顶它就用屁股撞它。"

"嗯。"

再去时，我就给它带些青草，我在家负责养兔子，小筐和小镰刀是我的玩具。它小我也小，有时它用鼻子拱我的后背，痒痒的。奶场里不是每天都生小牛，即便生了，是母的，也就不喊爹了，人们欢天喜地，有母牛就有奶喝。我不是每天都能进奶场，那黑耳朵咋办? 挤不上食料槽会饿的。我就围着奶场的栅栏转，见到黑耳朵看我，我就将小筐举起来，它颠颠地跑过来，把头伸出栅栏，一口一口。

最近我发现，黑耳朵不吃草肚子也大了起来，妈说，它肚子里有小牛了。它自己还是小牛，咋会生小牛？快入冬了，我每天都给它割草，它每天都在栅栏前等我。

大沟前的野狼多了起来，一到晚上我就知道。一个嚎，一群就跟着嚎，吓死人了。有时把屋中的灯关了，趴在后窗就能看见后山坡上有绿色的眼睛。开始是一两只，后来就好多好多。妈说，天气冷了，山里找不到吃的，都出来了。

"是等吃死了的小牛？"

"嗯。"

"可最近爹没去后山。"我看了眼门后的镐把，它静静地立着，好多天爹不动它了。

"快入冬了，牛不生犊了。"

"那些狼在等什么？"

"它们哪知道，等吧，等也是白等。"

"那它们该到山里找吃的。"

"奶场有膻味，它们才不会走呢。"

青草没了，我就偷草垛上的草给黑耳朵。秋天时，工人们打了好多好多的草，都垛在栅栏外，留到冬天给牛吃的，我扛起一捆到栅栏边，黑耳朵等在那儿。

那天天刚亮，有牛的叫声，哞哞得出奇的大，好像嗓子都出血了。不一会儿，我家院外一声喊："二哥，来活了。"爹一愣，将手中的烟口袋扔到炕上，把那镐把拎起来。

"妈你不说，这时候不生犊吗？"

"多数不生，个别的也有。"

我跟得晚了，等我跑到门口，大门关了，我就在门外往里望。那生小牛的牛躺在地上，咋不动呢？

听人说，难产，小的抠出来了，可大的没保住，还是公牛犊，赔大了。爹举起镐把，狠狠地，拽起一条腿扛起要走……

"别扔，大牛卖给食品厂了，说小牛犊也捎上，干啥用不知道。"

爹扔下小牛犊就走，他干完这活儿从来不回头。

我看见黑耳朵了，就在那死牛旁边，浑身发抖。它冷吗？肚子越发大了，一鼓一鼓。我取来一捆草，冲它晃着，它像没看见，看都不看我，低着头，默默的。

那天天还没黑就听见狼嚎了，我躲在炕沿下，能看见后山坡上一群群的狗一样的东西乱窜，猴急的就是不敢下山来。妈说："这些牲口灵着呢，听见场里有牛叫，就知道生小犊了，等着吃呢。"

"告诉它们，今天没吃的。"

妈妈笑了："你去同它们说。"

我一下子猫到炕沿底下，我要去，那狼肯定把我当小牛犊吃了。

我还是惦记着黑耳朵，它昨天没吃草，肯定饿了一宿。早早地起来，出门一阵风刮过，我觉得天开始冷了，回屋找个帽子戴上，妈说："喝奶了吗？在炉子上自己倒。"

我真来对了，黑耳朵挤在栅栏上出不来也进不去，正低声哞哞地叫着，它肚子太大了。我举起小镰刀将一个木板砍断，它出来了，出来也不管我，一拐一拐地跑到草垛的后面藏了起来。我跟着它，它在草垛后面探出头，它不怕我。我伸手摸摸它的黑耳朵，它跪在了草上，温顺得像猫。它还在发抖，耳朵是热热的，不冷啊？

"你害怕是吗？你要生小牛了，是吗？你生下来怕被我爹打死，是吗？没事的，只要你生的是母牛。"

137

我愣了，它生啥能听我的吗？它自己说的也不算哪！万一生的是公牛犊呢？我想起我家门后的那个镐把，锃亮锃亮的。我原打算同它玩一会儿，就将它赶回场里，丢头牛是大事，工人们要找的。可回去咋办？真要生个公牛犊呢？我爹就会"嘭"的一下。

黑耳朵是我的朋友。

我将草垛掏个大洞，黑耳朵钻了进去，我将洞口掩上，瞅了瞅，挺好的，有草吃，晚上也不冷。

那晚出大事了。

大半夜的时候，奶场里传来牛叫，叫声大得不得了。不是一头牛，而是所有的牛，不是好声，要挨杀了一样。爹"腾"的一下坐了起来，把灯打亮，侧耳听听："不好，狼群下山了。"说着穿上衣服，拎起镐把，一拐一拐出了屋。

"他爹，你去顶用吗？"妈脸都白了，一把将我从被窝里拽出来，紧紧搂在怀里。

屋外天崩地裂的厮打声，一声声牛的惨叫，我好像闻到了血的腥味……

不一会儿，门外传来了杂乱的脚步声，几个工人随着我爹进了门，手中都拿着家伙，可都是丢盔卸甲的样子，进屋后不抽烟也不要水喝。

"快打电话，让场部来人。"

"太多了，好几十只，眼睛是红的，可都闪着绿光，那么高的栅栏一跃就过去了。"

"这狼真刁，有跃不过去的，还一个驮着一个。咱们要是跑得不快，也得让狼给撕巴了。"

爹撂下电话："要是有枪就好了。"

"二哥，你说，奶场建这儿好几年了，咋没见过这么多的狼，还这么凶。"

"饿的。"

"不说狼不怕饿吗？饿急了就顶风跑，吃风都能活着。"

"那是别的地方的狼，咱这儿的吃肉吃惯了。"

"疯了一样，拴在棚外的那几头算是完了，骨头渣子都没个剩。"

爹不语。

听着听着，场里的厮打声渐渐地小了，牛的哞声变成了哀嚎。一会儿，听得一声长长的狼嚎，接着一串的狼嚎，山沟里寂静了。

狼吃饱了，回山了。我家的屋外才传来汽车的响声，天有些亮了，我趴在窗台上，见两个大卡车的基干民兵，都拿着枪。

场里一片血污。我爹呆呆的。

场里场外都是人，还拿着枪，这我就不怕了。我想着黑耳朵，它咋样了？

我搬开几捆草，洞口露了出来，洞口里挤出了两个牛脑袋。我的天，黑耳朵真尿性，昨晚发生了那么大的事，它居然在这儿把小牛犊生了出来，还没用人帮它。

黑耳朵拱了出来，我就往里推它，别让人看见，你还要不要你的孩子了？可我有多大劲呀？它从洞里出来在外面溜达着，人喊，这儿有一头呢，跑出来的，命真大，腿上有血，怕是也受伤了。黑耳朵被人牵回了场里，这个不会说话、不懂事的家伙，它不要它的孩子了？扔给我可咋办？

说话那人是场长，铁青着脸，看着场地上的一片牛骨头架子，不知他有多心疼。他大喊着："都给我上山，掏狼窝去。"

爹说："没用，人哪有狼跑得快，山这么多撵不上的。"

"撵不上也得撵，×它们八辈祖宗。"

"晚上打，它们还会来。"

场长瞅了瞅爹："真会回来？"

"牲口又不是人，吃顺嘴了，没脸。"

"咋个打法？"

"把整个后山围起来，以那个扔死牛的大坑为中心，给我一支枪，备一百发子弹，我开枪时别人不要打，四面都是人别让子弹穿着，狼往哪边跑，你们朝天放把狼赶回来就行。"

人们兴奋了，虽说都是基干民兵，可真正用枪打活物的事还没干过，从脸上看，死了那么多牛似乎不太重要，晚上的伏击才有意思。爹走到人群中看着人身上背着的枪，摘下一支拉了拉，就这支了。

顶着黑夜，人们悄悄地上了山，我爹说："圈子大点儿，再大点儿，通山里那面别围，等我枪响了再围，而且人要多。"

我跟妈说也想去，妈拿根绳子把我拴到她腰上了。

那晚我睡不实，一会儿一醒，后山上有热闹，不让去看，也得听着。直到天蒙蒙亮，才听到枪声，不是所有的枪都响，只有一支枪响，啪、啪、啪……不紧不慢，没听到狼的嗥声，为啥？

听着听着就睡着了，醒来时我家的院里挤满了人，出来进去的。爹进了屋，直冲烟口袋摸去，还甩甩手，好像什么事都没发生。

"打住了？"妈问。

"嗯。"

"几只？"

"有一卡车。"

一听，我胡乱穿上衣服，看狼去。妈一下子把我拽住，别看，晚上要做噩梦的。

"这下能消停一段吧？"

"嗯。"爹说。

后来听人说："那老瘸子，好枪法，弹不走空，狼碰上了都不扑腾，一个个打着的都是脑袋，年轻时是干啥的？咱农场净是当兵的，可当兵不见得都打得这么准。"

"也打过人吧？"

"别说……"

奶场木板的栅栏开始换水泥和砖的了，大车小车，来了好多人，那奶场的墙，一天就建起了老高，大门也换了，铁的。我真想哭，黑耳朵肯定出不来了，它不出来，那小牛犊咋办？谁给它吃奶？我坐在草垛边，觉得那小牛犊在洞里一动一动。那就把小牛犊送回场里吧，该死该活全靠它的命了。那可不行，那小牛犊也是全白的身子、两只黑耳朵。不能让人看见，特别是不能让爹看见，那镐把，锃亮锃亮的。

小牛犊要吃奶，吃了奶才能活。我见过它们吃奶，在母牛的身下，一撞一撞的。现在咋办？我身上要有奶该多好。奶是有，在家里的炉子上煮着呢，还是热的，可它不会喝。试试吧。

跑着回家，弄个碗，满满的，妈说："每次少倒，又不是没有。往哪儿端？别到屋外喝，连风都喝进肚子里，要疼的。"

小牛犊真的不会喝，它闻到了奶的香味，急得乱跳，就是不知咋喝。真笨哪，我试着往它嘴里倒，都流到了草上，沾到嘴边的舔进一点。

我的小时候？啊，奶瓶，有奶嘴儿的那种。

它到底是公的还是母的呢？找人看看？那可不行，万一是公的可就糟了，爹的镐把"嘭"的一下。

"妈，你怎么知道小牛犊是公的还是母的？"

妈说："一边去，关你什么事？"

"妈，你能给我找个奶瓶吗？像我小时候那样的。"

"干啥？没有。"

"我用奶瓶喝奶，没有奶瓶我不喝。"

"你多大了？爱喝不喝。"

"那我就不喝，得病给你看。"

"你敢！"

"我就敢。"我同妈妈作了起来。爹从屋外进来，瞅瞅在地上打滚的我，从墙上摘下我的击水枪，到了厨房好像洗了洗，一会儿冲着我，一股水柱全弄到我的脸上，我伸出舌头，是奶。我笑了，爹扔下枪就走。

爹的背影也有慈祥。

我将水枪灌满了奶，听妈说："你就惯着他吧。"将奶射进小黑耳朵的嘴里，小牛犊变得异常的贪婪，好玩极了。它吃得真多，我回家灌了三次，它好像还想吃。家里的热奶没了，就得等明早妈妈再弄。为了小黑耳朵，我连一口奶都舍不得喝，妈妈还说，这孩子这些日子咋这么能喝，奶盆里天天都是光的。我是喝牛奶长大的，一天不喝想啊。

那天下雪了，工人们将场外的草往场里搬，该用秋天打的草喂牛了。我的心提到了嗓子眼儿，那小黑耳朵待的洞马上要扒塌了，一声喊："开饭了！"一个工人将洞口的一捆草拿起又放下了。

我到另一个草垛又扒了个洞，扯起小黑耳朵搬了家。场里的奶牛真能吃，一个草垛几天就没。我带着小黑耳朵搬了好几次家，那是真累。

自从野狼来过奶场，奶场里养了好几条大狗，一般是在场里，大门不开是出不来的。那天不知为啥，两条大狗蹿出了门，撒了几个欢儿，奔着小黑耳朵待的草垛就去了，围着草垛转了几圈，冲着洞口"汪汪"地叫着……

这可把我吓坏了，赶紧跑过去，跑过去有啥用？那狗根本不理我，低下头开始拱草了，我哭，我大哭，还管点儿用，两条狗不动了，直着眼睛瞅我，它不叫我也不哭，它一叫我就哭，相持，相持着，直到爹出来了，把狗撵跑，拽我回家。不能回呀，那狗还没回场院呢。爹走了，我倚在洞口，不是不怕狗，可我没办法。雪后的天冷啊，也不知啥时，尿了裤子，两条腿冰一样，直到天黑才有人把狗叫了回去。妈说："窗口看得见你，喝了那么多奶，不饿的，玩吧，明年该上学了，今年让你玩个够。"

我真想大哭，有半个多月没喝奶了，我饿呀。

小黑耳朵能站起来了，没人时它还从草中钻出来跳一会儿，我不敢让它走远，推它进洞，用一捆大一点的草堵住洞口。这样一天天，早晨起来，冷啊，草上都挂着白霜。

"这孩子都玩疯了，炕上暖和也不多躺一会儿。"

有天我病了，真的病了，头疼还发烧，妈说，吃点儿药，不准起来。

我实在不想起来，吃了药又睡了。

院门在响，妈抬头，见有个小牛犊在撞门，她说："他爹看看去，外面咋有个小牛犊呢？"

我一下子醒了，跳起来一看，我的天，它咋来了，坏了。马上下地，妈说："穿好衣服，发烧呢。"顾不了那么多了，先将门后的镐把抱起来，哪儿来那么大的劲？拖到院里藏在鸡窝的后面，把院门打开了，小黑耳朵，一点儿不眼生地走了进来，还要进屋。爹出来了，看了看。

"别打死它，它是我朋友。"我抱着小黑耳朵的脖子。

爹没吱声，眼睛直直的一点点地发亮，看着我和小牛犊，呆住了。

"你答应了？"爹伸出手摸着小黑耳朵的脑门，我发现他有些抖。小牛犊挣脱了我，用两只耳朵在拱爹的衣襟，爹没有动，闭上了眼睛。

"这小牛哪儿来的？长得真漂亮。"妈也出来了。

"你不打死它了？"

"嗯。"

我呆呆的，愣了半天，哇的一声大哭起来："早知道，我要是早知道……这些日子，我过得有多不易呀！"咋说出大人的话来？

我难受，我伤心，我委屈，我想不清楚，脑袋里乱七八糟的，于是就哭个没完没了，有心里话跟他们说，他们懂吗？

爹说搬家，不在这儿住了。

妈说，孩子该上学了，这山沟里。

那天搬家的是马车，爹弄个好看的绳套拴在小黑耳朵的脖子上，让它在车后跟着，我问："它是公的还是母的？"

妈把我揽在怀里："是儿子。"

车上我找了，没有那镐把。

美丽的城

小城，叫旗山，依山得名。那山长得也怪，一面坡陡，刀砍一般，坡顶是峰；一面坡缓，绵绵十数里，伸进灵水。老辈人说它像面旗，风水好，是出将军的地儿。民间说出过，史志上没记载，好在人气还盛，将来肯定是要出的。

　　灵水河穿城而过，流得舒缓，安详且不动声色。这或许在不知不觉间影响到人的生活形态，水走得慢，人们的生活节奏也跟着慢了下来，街上是走方步的天下。人说水无十里直，十里直就要出龙。灵水河的这个江段就有十里直，于是，江边有一对镇龙白塔，属清代，哪个皇帝修的说不准，反正自己是天龙就不希望再有第二条龙，况且这块儿也属清朝起兵的肇兴之地。镇，镇压的镇。

　　宁静是在这年圣诞节的那天晚上来到旗山市的，华然的家里既紧张又兴奋。妈妈埋怨儿子，女朋友来应该提前半个月通知家里，人家是北京人，娇贵着呢。华然一笑："宁静，我妈说你娇贵。"宁静一吐舌头，悄悄在华然的腋下掐了一把，似乎他们之间有个秘密。

　　华家的晚饭自然是极丰盛的，有河蟹飘鲜，这在寒冬里是不多见的。

　　"伯母，我也喝点儿酒行吗？"宁静做出淑女状，惹得华然哈哈大笑，宁静在桌下狠狠踢他。

　　"喝吧，这跟在你家里一样。"母亲倒了一杯红酒，递上。

"她想喝白的。"华然兴高采烈。父亲笑了，换个杯，倒上一点，宁静有礼节地同父亲碰了一下，喝了，惹得父亲满脸堆笑，这城里的孩子呀。

宁静不静，这在校园里是出了名的。

"伯母，我帮你收拾吧。"

"不用，不用，坐了一天车了，快歇着吧，看电视。"宁静冲站在身后的华然挤了挤眼，把个花生豆扔到他的脖子里。华然早已习惯了。

宁静上了阳台，把窗户打开。母亲跟在后面："披上件衣服，我们这儿，风硬着呢。"

"我的天。"宁静惊呼着。窗外，大片大片的雪在莹莹地飘落，无风，于是像蝶。街上没有了行人，安静得如童话一般。

"我们这儿很怪，每到圣诞节都下雪，而且不冷。"华然站在她的身后。

不远处，灵水河在缓缓地流动，雾状的白气笼罩在河面，沿江的两岸有成排的垂杨柳，吐出晶白的叶子，还有满树的彩灯辉映着。

"那是树挂，学名叫雾凇，在全中国都少见，每年的一月，我们这儿都举办雾凇文化节。"

"我要死了。"

"为啥？"

"太美了，快给我找救心丸去。"

"别作。"

"太美了，太美了，太美了。在它的面前，你华然就啥也不是。"

华然在后面轻轻地抱住了宁静，一只手将窗户关上。"有你看够的时候，回屋去，在我家感冒你非得磨死我。"

"唉？对了，外面零下好几十度，那水怎么不冻？"

"上游有个发电厂，出来的水是温的，要不怎会有雾气？没有雾气就不会有树挂。"

"现在几点了？"

"快十点了，你要干啥？"

宁静用嘴含着华然的鼻子："咱俩到水边走走。"

"我不去，坐一天车太累了。"

"你不爱我。"

"别作，明天，明天我带你去。"

"我等不了明天，你去不去？"

"不去。"华然说着躺在沙发上闭上眼睛。也许真的累了，华然迷迷糊糊。一会儿，母亲将他推醒："宁静呢？"华然一愣："这小妖，自己出去了。"说着就奔了出去。

"咋没听门响？"

"要不说她是妖呢。"

这时手机响了，华然冲手机喊："你跑哪儿去了？"宁静有些哭声："我在河边，找不到家了。"

华然跑到河边时，宁静隐在一堆树丛里，一张笑脸山花烂漫。"走，回去，不知咋淘了。""再陪我待一会儿。报酬是这个。"他们吻了。

"真的好美，我也是多年没认真看了。"华然呆了。

"春天什么样？"

"端午节，两岸都是踏青的人，手里拿着采来的蒲棒、艾蒿，用露水擦脸，那时常有细雨飘落，那旗山绿得像玻璃一样。"

"夏天呢？"

"山上有种叫达子香的花开始开了，满山都是，全城都弥漫在温热的香气里。"

"秋天。"

"秋天是最美的，可以说是美得伟大，所有的树叶都成五彩状，无边无际，灵水河在秋分时开始返清，清得能见鱼在动，天空湛蓝，偶有雁阵飞过。"

"华然你给我站直了，听好，明年毕业咱们不留北京了，我决定，就回这儿来。"

"要回你回，我得留北京，丈母娘都答应我了。"

"我不在，你还有丈母娘吗?"

"你来也行，我再在北京找一个，咱俩也不断，我人到哪儿都有人陪。"

宁静一下子变得温柔了："华然哥哥，你们这儿有二十四小时开业的超市吗?"

"买啥?"

"我想买把剪子。"

"干啥?"

"我轻轻地把你那玩意儿给剪了去。"

华然和宁静是同学，都是学园林的。在校园里，宁静能歌善舞，飘逸的黑头发飞在学校的每个角落。而华然则打得一手好乒乓球，可谓出神入化，平时英俊且文质彬彬的他，一遇对手，眼镜后面便现出一股杀气，这把宁静迷得神魂颠倒。有天，宁静找到华然："帮我个忙，晚上到湖边的假山上。"华然小心翼翼地去了，他知道，宁静这小妖是极能算计人的，坑过好多追求者。

宁静见远远站着的华然，嘻嘻一笑，华然见她背着两手，又后退几步。宁静拿出一瓶酒来："偷我爸的，你帮我把它喝了。"华然接过来，看看封口："里面不会是洗脚水吧？"

"我就那么坏吗？这是我爸和我妈结婚时留的茅台酒，快三十年了，我爸自己都舍不得喝。"她居然抹起眼睛来。

是洗脚水又怎么样？又没外人，有些男生知道是宁静的洗脚水也想喝呢。

"没杯子呀？"

"打开，你一口我一口。"

他们好了。

恋爱中的女孩，性情该变些吧，宁静没有。那晚，寝室中的六个女孩都洗漱过了，撂下了蚊帐，一天校园里发生的事也交流得差不多了，听说谁又跟谁好的材料汇总，也整理完了。女孩们把灯一闭，谁也不准说话。刚安静了不久，宁静的蚊帐里传来一个响亮的屁，停顿三十秒，全屋一阵爆笑。宁静仍有些不高兴："人家都攒了好几天了，你们的反应还是不到位。"

同华然上街，走着走着，宁静突然不吱声了，华然没在意，默默地走，感受着内心的温暖，望车流滚滚，身上荡漾着爱的美好。忽然，宁静甩开华然，直接闯到车道的中央，高举着双手，喊着："也没人管我，就让车撞死我吧，我多可怜，不活了。"华然脑袋一蒙，赶紧把她拽到路边："你在干什么？又弄啥妖。"宁静做委屈状，眼泪汪汪。过了半天，才说："你应该走在我的左边知道不？那边过车，真要车轧过来，你要保护我，用你的生命。"华然哭笑不得。

七月，宁静的母亲泪水涟涟，做教师管了一辈子孩子，却管不了自己的女儿，只好将哀求的目光投向老伴。女儿越大，父亲的心就越软，宁静若说，爸你背我，他仍会笑眯眯地蹲下，其实宁静已不真让他背了。这时，只能摊开手，无奈。

"妈，我要出国，你放我走吗？"

"和这是两回事，出国当然好了。"

"妈你虚伪，根本就不是想我，就当我出国了。"

父亲将老伴扯到别的屋："咱的女儿，你还不了解？三分钟热度，要不了两年就求咱往回调了，让她去吧，离家也不远，就当时间长点儿的公出。咱俩也快退休了，有空到小城住几天也好。"

宁静在偷听，一个高蹦起来："华然，你给我妈在旗山买房子，可要别墅。"华然笑了，这事必须答应，买得起买不起是另一回事。

旗山市。华然的工作落实得很快，园林局还没有名牌的大学毕业生，况且是男的，而宁静就业颇费了一番周折。

华家是小城的老户了，华父在第一中学当校长，倒是有些学生在市里做官，只是能使上劲的不多。当教师倒可以，可宁静不干，她把自己还当孩子，怎能教孩子呢？园林局让华然报到，宁静不准，你有工作了，我怎么办？我不上班你就不准去。华家真为难了，这孩子真的可爱，可就是有点儿缠人。没办法，华父带着宁静又去了市政府，那里的办公室副主任是他以前的学生。华父敲门进去了，让宁静在走廊等一下，宁静独自打量着走廊的装饰。这时，有个约四十岁的男子走过，与宁静对视，那绝对是一种主人式的目光。宁静一笑："你好。""你找谁？""我是北京林业大学的毕业生，想在这儿找个工作。"男人"啊"的一声走过。门响了，华父同人出来，那个副主任："郝市长，这是一中的华校长。"握手之后，还打量着宁静。"郝市长，我认识您，上次一中开同学会您到场了。""啊，想起来了，一中不错，为我们市培养了好多人才。"

副主任："他家有个亲属，是北京一名牌大学学园林的，想到咱们市来工作。"

郝市长："就她？"

宁静嫣然一笑。郝市长又端详了一会儿："倒像个主持人，问问电视台缺人不？"

宁静："我在大学的第二专业就是播音主持。"

副主任："那我就帮问一下，徐台长那儿您给打个招呼？"

"你说吧，就说这事我知道。"说完又看了宁静一眼。郝市长是省里下派的干部，曾在省委宣传部任过文艺处处长。

事情办得出奇的顺利，整个广播电视局上下都说宁静是郝市长的人，试镜之初，真的让全市观众眼睛一亮。

华然问她："你啥时学过播音主持？"

"我说着玩的。"

一个月之后。华母悄问儿子："啥时结婚？"华然瞅着宁静没吱声。宁静："伯母，我们再玩一段时间行吗？"

宁静在华家住得有些不舒服了，入夜她在华然的屋里起腻，华母常进来拖地；早晨，她光着大腿去洗手间，经过客厅总见华父坐在那里抽烟。

华然也觉得两人世界是新奇而有趣的，于是就开始把那套空房装修了一下。那套房他八岁时就有了，六楼，临街。

装修是按宁静的指令设计的，将厨房改成个酒吧，吃饭回家或上街，小家只是聊天的地方；两间屋分设男寝和女寝，有门牌为证，实际咋样不说，一人一个单人床是要有的。

"那结婚呢？"

"到时重装，我一个北京女，结婚太简单了可不行，其仪式得上本电视台的头条。至于单人床是我在学校住习惯了，过几天我妈准来，给她看的。"

宁静和华然常到灵水河边去散步，金童玉女的，成为小城的一道风景。一入秋天，宁静真的傻了，五花山，清秋水，北京的西瓜已经收藤，这里正是甜得醉人的时候。一日，华然买回一桶山葡萄酒，农家弄的，纯得很。

宁静笑了："咱们用碗喝，用杯就小气了。"

北京的妈妈来了，小城走着心安了许多，女儿哈哈地笑着，比在北京健壮了。妈妈真的同华然商量，若有合适的房可以买一套，撂着也不一定赔钱，只是盯着宁静，不能喝酒。

宁静灵得很，工作上一搭手，就干得顺风顺水。她还喜欢他们的"男寝和女寝"，一下班就往家里跑。到家就打华然的手机，像放羊牧归一样往家拽。华然是本地人，同学多得很，学成归来，也算个人物，请他吃饭的门庭拥挤。宁静不爱去，她就喜欢同华然缠着。

一天，宁静已经打了有二十遍电话了，华然说单位有事一会儿就到家。宁静发狠了："五分钟不到家，有你好看的。"华然没在意，因为五分钟是到不了家的。从门房里推出自行车，又见到一个熟人聊了几句，走到自己家的楼下时，有一群人在抬头瞅着议论着。顺着人们的目光一望，傻了。自家的窗户大开，宁静站在窗口一袭红裙，有纱巾蒙眼，俨然是要跳楼的架势。华然并不那么紧张，这家伙又作妖了。可看热闹的人不知道，有人喊了。

"倒是跳还是不跳哇，我都等半天了。"

"今晚你能不能下来了，再不跳我可上夜班去了。"

"没那胆就别整那事儿，瞎耽误工夫。"

"我来得最早，这辈子还没看过美女自杀的呢。"起哄声渐大，又有警车声传来。见宁静一惊，忙把脸上的纱巾扯掉，低头一看，噌的一下缩回屋里。

人群散了，有骂声传来。

华然进屋，宁静仰在地板上，腰上系的床单还没解呢。她跃起身抱着华然的脖子："你不快回来，我就想吓你一下，闹着玩呢。""我知道，可你这闹着玩，有点儿大，街筒子都是人不说，连警车都来了。""他们在下面喊啥呢？"华然铁青着脸："我也没听清，是想救你吧？"

这时，有敲门声，进来的是两个警察。

"咋回事？谁想跳楼？"

宁静："没事，我跟他闹着玩，不是真跳。"

"闲的？这是扰乱治安知道不？"

华然怒了："我们又没让他们看，他们是闲的。"

"堵车了知道不？你他妈闹着玩，我刚端起饭碗。"

"出警不准喝酒，别冲着我说话，难闻。"

"唉？你还来劲了，你看我喝了？我可以拘你信不？"

宁静："我们错了，给二位添麻烦了。"

临出门，警察仍不依不饶："真想自杀找没人的地方，欠收拾。"

那晚，俩人都没睡好，宁静像猫一样伏在华然的身旁，华然有块石头压在胸口。

城小，闲人不少。一夜之间，人们都知道窗口那件红裙子是谁了。是一中华校长的儿媳妇，是小城才子华然的未婚妻，是电视台

155

新进的主持人，并同郝市长熟着呢。

为啥要跳楼呢？熟悉华家的人传出了消息，是小两口闹着玩，人们不信。

"听说是华家那小子，大学毕业回来后，先前对他好的女同学又找上来了，他常常晚上不回家。"

"不会吧，那妞长得多俊。"

"俊当啥用，男人嘛。"

"我可听说那女的是北京的丫头，不买别墅不结婚，他爸是当老师的，哪买得起，那女的性子烈得很。"

"你们说的都不靠谱，我听说是那丫头来咱这儿后悔了，想回北京，可华家的小子把生米做成了熟饭，怀上了，那女的想要一笔钱，数目不小，华家给不出，也不想给。"

"你们哪净听些瞎信儿，我知道的消息绝对准确，只是不能说，要让人知道是我说的，工作就没了，散了散了，你们知道个六哇。"

"破尿盆还端起来了，你知道个啥？"

"我就点一下，那女的是咋进电视台的？寻思去吧，以后你们听着，这事才开始。"

谁把电视打开了，宁静出镜，就她？

有一个月没回北京了，宁静请了假，华然带了些山货。回旗山后就把那件事给忘了。宁静依然欢天喜地地上班。

那天，徐台长颠颠地跑到宁静的办公室："小宁，快到我屋接电话，郝市长找你。"宁静愣了一下，放下手里的活儿。

"郝市长您好，我很想抽时间去看您，工作的事您帮了大忙，谢谢您。"

"工作还顺心吗？听电视台的同志说你干得不错。"

"还行。"

"有什么困难就吱声，城市小，条件就这样，可不比京城啊。"

"挺好的。"

"啊，你晚上有空吗？是这样，我省城的几个同事来这儿度周末，晚上请他们吃饭，你要有空就过来坐一坐，在市宾馆一栋。"

下班后在华家，宁静把这事说了，华父："去吧，这块儿就这习惯，一有客人来就找女孩作陪，也就喝点儿酒、唱唱歌。郝市长咱欠人情呢。"

华然："不准喝酒。"

宁静："回来时陪你喝醋。"宁静是坐华然的自行车去的，走出市区，酒店坐落在旗山脚下的灵水河湾，有院，散落几处平房，不很豪华但很别致，绿树掩映，鸟语花香。有保安指点，一栋是座红房。

华然拽了下宁静的头发："不要喝酒。"

宁静一笑："嗯。"

郝市长正在门前招呼着客人，见宁静到了，笑得很有尺度。今天他没穿西装，牛仔裤，棉布衬衫，新理的寸头，显得精干帅气。

其他几位女士早到了，经介绍是市歌舞团的，着装上也见艳丽得出格，这使宁静在人群中显出不同凡响的品格。

五男四女还要分开坐，宁静被邀到郝市长的身边。按说都是省委宣传部的官员，美女是见过一些的，可在宁静的面前都绅士起来，这使那几位女士有些不自在。

从架势上看今天要大喝，白酒是四瓶一箱的水井坊，啤酒是两箱，没备红酒。有趣的是那几位女士同省里来的客人都认识，看来

157

不是第一次来旗山了。只有宁静是生人，郝市长因此隆重推出。宁静落落大方，面带笑意，只是对倒酒的服务员摇摇头。服务员呆在她的身后，目视着郝市长。

郝市长："少喝点儿行吗？"

宁静把酒杯推到一边，笑了。

"不喝不喝吧，才出校门，以后可不行啊。"

一个人称来秀的女人，据说是唱二人转的："她不喝我也不喝，郝市长偏心眼儿。"

"你不喝可以走。"

那女的不吱声了，并把酒杯轻轻地推了过来。

在座的都是好酒量，也就半个多小时，四瓶白酒没了。啤酒开箱，据说解酒。人们的话多了起来，聊的都是过去的事，同学、同事，谁谁离开后发生了什么，最多的是上次聚时的未了趣事。

"来秀，你上次说要到省城找我们去，怎么说了不去呀，我们酒店都定了。"

"怕你家嫂子同你打架。"

"我离了你信吗？"

"为啥？"

"还不是从这儿回去想你想的。"

"瞎说，你能看上我们小城的人？真要去了，早把你吓跑了。"

"这话可说错了，得罚你一杯，我就喜欢小城的人，心好。"

众人起哄："交杯，交杯。"

二人真的凑到一块儿喝了。宁静像看戏。

郝市长也喝得有点儿多："小宁，就给你哥一个面子，喝点儿啤的，我这些哥们儿在省城都是响当当的人物，你以后搞电视用得着他们。"

宁静不解，郝市长怎么成哥了："家里人不准我喝酒，郝市长，你在我工作上帮了忙，我敬你一杯吧。各位老师，我就说句祝福的话吧。"她同郝市长喝了，郝市长高兴，并把椅子往宁静那边挪了挪。

酒席第二项，唱歌。开头的一定是《夫妻双双把家还》《春雨》一类的，歌是老了点儿，可人们喜欢，一男一女地对唱，特别是那句"明天我将成为别人的新娘"时，二人对视，都觉得趣味津津。唱之初，人们互相谦让，酒喝得差不多时就开始抢麦克风了，解酒哇。有的人抓住就不撒手。宁静也唱了，她用低音唱了一首臧天朔的《朋友》，沉稳而别有一番韵味，唱得郝市长连连点头，他想跳舞了。人们觉得惊奇，他平时不跳哇……同宁静跳舞的都显出几分庄重，转起身来比平时优雅了许多。交换名片时也是双手送上，这使郝市长明白一个道理，酒桌上的品位决定于陪酒人的质量。在门口告别时，郝市长郑重地握了宁静的手，目光专注地凝视："你上网聊天吗？""只和同学。""啊。"小车已停在了身边，车边是华然的自行车，后座上垫了块毛巾，郝市长不知为什么不想同华然打招呼。

小街上有了传言，宁静在酒桌上只同市长一人唱歌跳舞，北京人也是凡人，爱官呀，曾站在窗口想跳楼的她，似乎有了确切的因由。

初雪，旗山市比宁静想象的又美了几分。她买了台红色的自行车，骑上它每天上班都阳光灿烂的。

元旦前夕，各单位总要聚餐的，这晚，徐台长兴致极好，各桌转了几圈，有些多了，又到了宁静的座前："小宁，人才呀，你做主持人收视率大有提高，我代表党委敬你一杯。白的白的，别拿没度数的糊弄我。"宁静把杯举起来，同他碰了一下："徐台长，你是夸我呢，还是批评我呢？工作是大家干的。"

"干了干了。"徐台长探头凑到宁静的耳边，"见到郝市长，替我问声好，说我祝他新年快乐！"

宁静没弄明白。

华然最近情绪不高，有几天不接宁静了，早早回到小屋里躺在床上，虽然他相信宁静不是那种人。宁静有些不高兴，把包扔在地上回女寝了。天已大黑，华然还不来哄她，还不说吃饭的事，她怒，跳起来骑到华然的身上，使劲地坐，华然不动。"起来，请我吃饭去。"华然装睡。"华然哥哥，咱们好多天没喝酒了。"华然心一动，半睁开眼，看了宁静一眼，那顽皮他太熟悉了，起身："回我妈家吧？""不，下酒店请我，咱俩喝点儿。"

俩人又是秧歌又是戏了。

宁静要吃火锅，还要了点儿白酒，几口落肚，宁静悄悄说："我要坐到你那边去。"

"别的，人这么多。"

"怕啥，又没有认识咱俩的。"

"这可不好说，我是从小在这儿长大的。"

"还是旗山市的大才子？那我敬我的大才子一杯。元旦时，我妈让咱俩回北京，我班都串好了。"

"再说吧。"

一个服务员悄声来到宁静的身旁："一包的客人让您过去一趟，同他们喝杯酒。"宁静愣了："我不认识他们哪。"

"喝一杯不就认识了吗？"服务员身后站着个斜披警服的人，脚跟不稳，摇晃着酒杯伸了过来。

"我不喝酒。"

"你是不给面子了？你杯里是尿？电视台的有什么了不起，你爸是大官呀？"

华然站起身来："认识你是谁呀？别打扰我们。"

"一边去，我在和这位小姐说话。我来几个哥们儿，都是市局的，给个面子。"

宁静摇摇头："结账。"

"来碰一下，在这一亩三分地儿还没人敢卷我的呢。"说着把宁静的杯子硬塞给她，并攥着宁静的手腕，拿他的酒杯撞了过去，宁静一挣，也是那人喝多了，手没个准儿，俩杯一碰，宁静的杯碎了，她的手鲜血直流。华然的血一下子涌上了头，转身操起了一把椅子，脸上现出在球场上的那种杀气，大厅里乱了。一包的人是最先出来的，很有经验地把那人同华然拉开，有没喝多的，也觉理亏，抬着那人上了门前的警车，走了。仗没打起来，可他俩的兴致全无，回家了。

后来听说那个喝醉的人真是警察，叫大强子，在小城里有些个名头，据说在省里有人。

郝市长的电话。

"小宁，你到我办公室来一趟。啊，元旦我要在电视上发布新年致辞，事先得排练一下，你来帮我指点指点。"

宁静请示了徐台长。"去，去呀。小张把我车开过来，送小宁到市政府去。郝市长有水平，以后说不上能当多大官呢，小宁，若有机会你同市长说一下，咱台里的经费缺口太大。"

郝市长的办公室是三间，外屋是个小会议室，一个椭圆桌，三十几个座位，四周有鲜花。从墙边的一门进去是他的办公室，桌子好大，中国地图和世界地图悬挂醒目，庞大的书柜，有巨幅照片用金框装着，是两人照，郝市长倚着的人面熟，像是个大领导。郝市长在最里间的屋里等她，那是间休息的地方，有床、电视、电脑、衣柜。

郝市长笑容可掬，水果已洗好了，茶泡得恰到好处，那杯子很是讲究。

"那天来接你的是你男朋友？"

"是。"

"小伙子不错，在哪儿工作？"

"市园林局。"

"听说你也是学园林的？"

"嗯，我们是同学。"

"从北京来这儿习惯吗？为了爱情？"

宁静笑了："大城市待腻了，总吃尾气，你们这儿山清水秀的。"

"在电视台工作怎么样？想换个地方吗？"

"挺好的。"

"以后想干什么，不会待几天就走吧？"

"我想不会，有平易近人的郝市长领导我们，可能待不够呢。"

说得郝市长哈哈大笑："我不是同谁都这样，下面的人挺怕我呢。"

"您让我来……"

"啊，新年致辞今晚录制，我不想同前几年的一样，像照片在说话似的，想生动一点，你看我该咋办？"

"像奥巴马的就职演说似的?"

"对,你真聪明。"

"我在学校是讲演代表队的,老师告诉我们,语言表达是次要的,重要的是讲演人要同文稿有亲近感,就是发自内心地喜欢,说真话,说心里话,还要在表达中有形象感,就是说点儿事,有细节。"

郝市长想了想:"算了,这些我都做不到,上电视的是我,可代表的不是我。你手怎么了?"

宁静把手往后背了背:"杯子碎了划的。"

"在家?"

"不是,在酒店。郝市长,我是个心里不装事的人,这么美的城市可有些人的素质太差。"

"说说,怎么了?"

宁静大致把那天发生的事说了一下。郝市长抄起电话:"吴局长吗? 我是郝振生,你查一下二十九日晚在北来顺火锅城,你们局有个警察喝多了闹事,查清楚之后先把他职给停了,开警车喝大酒,你是怎么管的。"说完把电话撂了,脸上现出一股怒气。他走过去,拍了拍宁静的肩头:"不是因为你告状,警察喝酒开车是要开除的,别人说了我也会这么做,何况你是记者呢,有监督我们的权利。"

这时门开了,一个青年妇女带着个十来岁的男孩儿进来,那孩子一下子扑到郝的怀里:"爸爸!"

"你们怎么来了?"

"你说新年不回家,我们娘俩就来了,怎么不欢迎?"

"说啥呢,啊,这是我们电视台的小宁,来帮我弄新年致辞的。"那女的上下打量着宁静。

宁静一笑:"是嫂子吧,真漂亮。"

"你们在忙着?"

宁静:"没事了,郝市长我该走了。"

"再坐会儿,我们不碍事吧?"那女的主人似的说。宁静站起身摆摆手,这时那男孩儿从电脑后面探出半个头:"妈,她就是你说的狐狸精吗?"

"这孩子,我啥时说了?"

郝市长伸手轻打了一下,不安地冲宁静点点头。宁静还没走出二道门,就听里面说:"你瞎同孩子说什么,你这疑神疑鬼的劲啥时能改呀。""不看着你点儿还不上天哪,我还不了解你,人前人五人六的。"

"春节前咱俩把事办了吧,我妈昨天还问呢。"华然敲开女寝的门。

"刚毕业就结婚,不怕同学笑话咱?我还没同我妈商量呢。"

"那万一有了呢?"

"滚!"

华然笑嘻嘻地挤上了宁静的小床,宁静掐了华然的鼻子:"今天我累,明天早起播早新闻。"

"那我找同学喝酒去?"

"你敢?"

郝市长安顿好母子俩又回到了办公室,一个小时后就要到电视台演播厅了,换上西装在镜前凝视着,镜子里的就是全省最年轻的市长,郝振生心情很好。

敲门声。大强子进来了。

"郝叔。"

"你今天怎么有空了？"

"听说我婶来了。"

"消息挺快的，刚到。"

"冬儿也来了？我去看看。"

"在五栋四号。"

"那好我去了。"

"高部长身体好吗？"

"还好，就是忙。"

"刚当省委常委能不忙嘛！"

"元旦我回省城，您捎啥话吗？"

"告诉他，忙完这段我去看他。唉？节间正是用你们警察的时候，你怎么还回家？"

"我……"

"大强子，你平时可要严格要求自己，要不我向高部长不好交代。"

"是。"

蒙在鼓里的是郝振生。其实，大强子同郝夫人熟着呢。两年前，这个大强子从部队复员分到了郝夫人的单位，因是省委宣传部高部长的侄儿，丈夫在人家的手下，于是她对大强子很是关照。按说给局长开小车也算不错了，可如今小车太多，大强子的生活中没有出人头地的味道，就把心中的不如意讲给了当时叫姐的郝夫人。

郝振生下派到旗山市，郝夫人有了主意。将大强子弄到旗山，他愿意当警察，转干之后再调回省城，人家毕竟是高部长的亲侄。即使在小城待几年也不算什么，高速公路通了，回省城也就一个小时多点。郝夫人是有心计的，这话她不能去说，怕那位新官担心什么。高部长的一个电话，大强子就穿上了警服。

郝夫人还有另一层的高兴，那就是丈夫的身边有了自己的人。说起来她是扔三十奔四十的人了，多了皱纹少了自信。

大强子到了旗山就改口称郝叔郝婶，从他叔那边论了。

"冬儿，看大哥给你带啥来了？"

"都是一家人，还买啥东西。我说大强子，你郝叔在这儿干得咋样？"

"没说的，全市干部都很服他，我们市一年一个变化，都是他领着干的，明天我开车带您去看看新弄的江畔广场，可美了，老百姓都说好。"

"能力我倒不担心，我家也不缺钱，就是怕他花心，年轻长得又帅。"

"不会吧？政府的人说郝市长平时特谨慎。"

"那还有个准儿，这年头就怕女的上赶着，一般男的扛不住。下午我在他屋里见着你说的那个电视台姓宁的了，小丫头鬼机灵的。"

"那丫头可不是个省油的灯，有的也说没的也说，前几天我就栽到她手里了。"

"她和你郝叔好？"

"那倒不一定，只是听说她在前不久要跳楼，为啥也没个准信儿，人说她去电视台前就认识郝市长。婶儿这话千万别传到我郝叔那儿，我成啥人了。"

"是为老郝要跳楼？"郝夫人面色变了。

"不会，市面上人嘴杂，说啥的都有。"

"大强子，你帮婶儿看着点儿老郝，你有事找我。"

"唉。"

郝夫人生气了。

郝振生带上门，把随身的包交给秘书，这时电话响了。

"小郝吗？"

"呀，是高部长。"

"是我，最近工作顺利吗？"

"市委书记在省里学习还没回来，我主持工作，就是累点儿，还算顺利。"

"那就好。我在省里听有些同志提到过你，反映不错，我很放心，毕竟是我让你下去的，干部不去基层锻炼不成大器。"

"高部长，您身体还好吗？这回担子更重了，千万要注意休息。"

"是呀，按我本心是不想当这个常委的，原打算早点儿退下来，自在几天，也算有把子年纪了，可组织上不允许，那我就再为全省人民尽点心。"

"全省的工作太需要您了。"

"小郝哇，你想过没有，万一书记学习完不回旗山，那你怎么办？有挑重担的思想准备吗？"

"这，这我没想过。"

"没想可不行啊，我们的干部要对人民负责，再派去的能有你熟悉情况吗？"

"那是。"这时手机响了，电视台来的，他转过头："等着，我有急事，一个录播，你们催啥？"关了。

高部长："这段时间，千万要注意，别出岔头，除了工作上要抓好，社会舆论也很重要，别传出闲话来。"

"您还不了解我吗？您一手培养的，不贪财，不好色。"

"钱财上我倒放心，你有大志向，不会贪小利，可生活上也要小心，别有什么绯闻，你没有别人也要造的。我都听说了，你们电视台有个小丫头要跳楼，同你没关系吧？"

"老部长放心，跟我一点儿关系都没有，我会记住您的提醒，好好工作。"

"那就好，可有些事不好说清楚，你嫂子现在还总查我的来电呢，男人嘛。还有，你处理大强子那事做得好，不能因为是我的亲属就迁就，喝酒没穿警服也不行，即便车是别人开回去的，也有违纪的苗头嘛，让他待几天，好好反省。"

郝振生的汗下来了："老部长，酒店喝酒的那个警察是大强子？我不知道哇，我是让他们处理，可我没问是谁，这事整的。大强子才从我这儿走，他也没说。"

"你处理得对，他是执法的就该严要求，只是下次再处理类似的事情要稳一些，听听两方面的意见，那个小丫头不一定说的都是事实呀，这是经验。好了，你很忙吧，记住任何的对与错都有两面性。"

在车上，郝振生打开手机，里面有个宁静的短信，是昨天收到的："新年快乐！郝哥，哈哈。"他看过好多遍了，曾给他带来莫名的愉快，现在不同了，他觉得那手机有点儿烫手，刚想把它删去，又一想万一真有传言，这会成为证据，不是他主动的，但愿他的那个回信宁静给删了。

元旦的二号，华然同宁静回了北京，宁家自是欢喜异常。

"静儿，从昨天开始咱家的电话就没停过，你的同学都问你回没回来，是不是让华然给卖了。还说若卖个好价钱，她们也得分点儿。"

"你咋说的？"

"我说我家宁静只有卖别人的份儿，当主持人呢，要不了几年中央电视台调她还得挑挑部门，收入差的不去。"

"妈，这吹牛的功夫是跟我学的，今晚就用这话下酒。"

宁父各屋转着说是找菜篮子，可就是舍不得出屋。

第二天，华然和宁静就出了门，一大群的同学等着呢，宁家又静了。

"她爸，静儿昨晚同我说，咱俩要没意见，春节前后想把婚给结了，你看？"

"华然这小子倒是不错，可他们岁数小点儿。"

"总在人家里住，别弄出些闲话来，她要结就结吧。"

"我是想咱家静儿没常性，哪天张罗回北京，调两个人可比调一个人难多了。你劝劝她再适应一段时间。还有这次来咱家，华然怎么话比以前少了呢？"

"都大了，哪像当学生的时候。"

欢天喜地的宁静回到旗山市，就得到一个心堵的消息。徐台长说，各部门部分人员轮岗，宁静被分到记者部当记者了。当记者就当记者吧，省得她出头露脸的，华然倒觉得心安。

"为什么呀？"

"轮岗嘛。"

"可我看了一下，轮的只我一个。"

"徐台长怎么说？"

"说我是新来的，当记者锻炼人。"

"也有道理，先干吧。过几天我给你买辆电动摩托车。"

"我要汽车。"

"睡吧，'面包会有的'。"

"调整的事我不知道郝市长知道不？"

"你真把自己当成他的人了？"华然脸色变了。

宁静没在意华然话中的含义，还在想着："我得把这事同郝市长说说，当记者不是不行，为什么呀？"

"那你就有些不要脸了。"

"郝市长肯定能过问，我还是想当主持人，那天吃饭他让我管他叫哥呢。"

"叫哥还隔一层，叫亲爱的更直接。"

宁静刚醒过腔来："华然你个狗屎，你什么意思？心里这么脏，你也配生在这个小城。"

"在城里我算干净的。"

"你刚才是不是骂我了？你说我不要脸，我怎么了？心眼儿这么小，还算个男人吗？"

"正因为我是男人。"

"这几年我一直惯着你，净给你笑脸了，今天让你知道本姑娘的厉害。"说着骑在华然的身上，双手掐在他的脖子上。

华然一动不动，面上显出异常的冷漠。

"你把我想成什么人了，别人说的话你也信？"

"以前我不信。"

宁静有些不认识华然了，摸他胳肢窝他也不笑，于是就翻身下床，冲进女寝，"咣"的一声把门摔上："华然你给我听着，以后你就是男生甲，我是女生乙，咱们不认识。"

　　宁静睡没睡他不知道，华然下楼买了一包烟。这是他们第一次吵架，他预感以后还会吵，而且可能大吵，这让他心有不安。

　　宁静没有找郝市长，像没事儿一样到记者部报到了，令她敏感的是，这次报到远没有先前来电视台时人们出现的那种热情，也算正常吧，人都半熟不熟的了。宁静是记者了，可她没"线"。"线"是指记者负责的系统或部门，有些像承包土地，谁的"庄稼"谁收，一般是不能越界抢新闻的。宁静不大明白这里面的道理，每天还等着主任分她工作呢。平时看别人忙乎，她伸不上手，天真地想，可能让她先熟悉一下环境，也就待得心安理得。

　　又到开薪的日子，宁静的卡上没钱，这让她不解，到财务一问，她这月没写稿，工资应该是零。她先找到部主任。主任是位老大姐，面目很和善的。"咱这儿的人员管理是老人老办法，就是有底薪，发档案工资的前六项加稿酬；新人新办法，一色零工资，挣多少开多少，你是新人又是属招聘性质，就只能这样。"

　　"不是大学毕业接收吗？我怎么成招聘的了？"

　　"我问过徐台长，他说按招聘的管理。"

　　宁静心头火往上撞，她知道有些话同她说没用，挑有用的说："我来这儿一个月了，你没分我工作呀？就是那个'线'。"

　　"以前的'线'都有人跑，没有空位，这事我也同徐台长说过，他说有'线'再说。"说着主任站起身说要开会去。关上门又开了，"小宁，要不你同郝市长说说，让他同咱们头儿打个招呼，不是啥大事。"

宁静提醒自己不哭，就是不哭，一会儿回去同华然哭去。屋里静了下来，她瞅瞅电话，倒可以打一个，郝市长人不错。那面听出是宁静后，声音突然变小了："我在省城开会呢，得半个月，有事回去再说。"撂了。

宁静挪到窗前，心里堵得很，她将窗户打开，外面又下雪了，小城显出洁净而美丽，比她第一次来时又艳丽了几分。蠕动的灵水河飘着神话般的白雾，沿岸的柳树已经开始有树挂了。

窗下一辆黑色的"帕萨特"驶过，五个六的车号她记得，那是郝市长的车。

宁静心中陡然产生一种无可名状的清醒，接着感到从未有过的孤寂，她不认识这个小城，小城也不认识她。

门开了，那位当主任的老大姐回屋取包："小宁，你还没走？哭了？"

"没有。"

老大姐在屋中转了几圈，停下了："小宁，你从北京来这儿干吗？"

"我男朋友在这儿，另外你们这儿风景真美。"

"不是郝市长调你来的？"

宁静摇摇头。

"这回我相信，那你有次要跳楼是咋回事？"

"我同我男朋友闹着玩。"

"没有别的原因吗？"

"还会有啥原因？"

"你真是个孩子，你能做到，我同你说的知道就行吗？"

宁静点点头。

"这一个月来，我也在观察你，你是个好孩子，不像人们说的有啥背景。跟你说，在元旦期间，郝市长的夫人到台里来过，具体说什么不知道，肯定与你有关。打那天起，人们再提到你，徐台长的态度就变了，本来记者部人就多，还往里塞。我们都知道，主持人中你是最好的，最好的挨整，大家心里都高兴，太复杂了。你年轻，你还不明白，其实过日子是同人过，不是同风景过。"

宁静浑身都在发抖，长这么大第一次体验到对社会的恐惧。

老大姐出门时，羡慕地捋捋宁静的长发："北京的水真好。"

宁静拿出手机："华然，咱们结婚吧。"

"回家再说，我忙着呢，今年城市绿化的方案，市里等着要，你先回去。"

"我在家等你，快点儿回去。"

"我得先回我妈家一趟，她找我有事。"

"那你啥时到家？要不我也跟你回妈家？"

"你去干啥？几点回去不好说，晚了你先睡吧。"说着电话撂了。

她又给妈妈打了个电话："妈，我想回北京。"

"真让你爸说着了，那华然怎么办？"

"再说吧。"

"怎么？吵架了？"

"没有，就是想你们。"

"行，等你爸回来同他商量。"

宁静特别饿，打小的习惯，心情一不好，就想吃。她在屋内坐到天大黑，找了个安静的小店，吃的还是涮锅子，她要了一瓶白酒。

大强子最近心情极好，当了中队长，局里的红头文件，绝对是真的。这晚又有个歌舞厅的老板请他，那场面阔得很，陪酒的档次也高，酒更没说的。一不小心又整多了，而且多出不少。多了不能忘了工作，他摇摇晃晃开着车巡逻去了。其实今晚没他什么事儿，他就想找个事管管，旗山市他不是主人还能谁是？

江畔已经没有人了，那镇龙的白塔在射灯下更显出几分的威严，塔下的灵水河又现出难言的神秘。两塔之间有一孤独的身影，在大强子的车灯里显出妙不可言的妖娆。

一个女的？这么晚。大强子把车驶上广场，奔着那人。

"你，在这儿干什么？"他下车没忘了摸摸枪。

宁静回身，一股酒气扑面而来，她一惊："没事，我在这儿看看。"

"看什么看，你是干什么的？"

"电视台的。"

大强子认出来了："你呀，小婊子，你倒是告我呀，把你爷我怎么着了？爷爷我今天是队长了，你认识老郝才几天？小样。"

宁静也知道他是谁了，心里一阵害怕往后便退，用眼往四周看去，眼界中没有一个人。大强子大步向前："你给我上车，我得审审你，三更半夜的在这儿干吗？走，跟我回局里。"说着用手去拽宁静。

宁静更怕了，身子一晃，她才发现，身后的护栏是坏的，连忙抓住栏上的铁管，那管上有一层霜。

"走，你给我上车，我还管不了你？旗山我还没有管不了的事。"

宁静更加紧张，她喝的酒也往上涌，身子一晃，手往回一抽，铁管粘下她手掌的一层皮，鲜血浸了出来，剧痛，身子一抖，脚下是冰，只听"扑通"一声……

大强子的酒也醒了一半，冲河里看了看，灵水河被浓雾笼罩着。他回身上车了，不知道，没看见，或许是冬泳爱好者吧，心中那种不安，没了。他把录放机大开，放的是摇滚。

街头又有了谈资，人们用那事件下酒。不久华然也在小城中消失了。

华家的两位老人，守着电话机悲痛欲绝。一周之后，老人相扶着去了车站，他们要去找儿子。

那长街上的鞭炮声，响得闷声闷气，含雪的云层裹着小城，礼花的彩屑铺满了街道，人们都在家中欢庆，喜气弥漫在每一缕空气里，这天是年三十儿。

车奔四方，老人呆了。去哪儿找？

向北吧，北面人少，或许没人，儿子会奔那儿去的，如果他还活着。

炮手的家园

一

住在草屋的人们，夜里风紧，且被惊醒，孩子们想，最先刮跑的该是黑森林里的那间。那里的风吹起来像有着千百只虎的虎圈，朝天地吼。

那幢房子的位置，像小城放出的风筝。

有年雨水旺得可以，七月的黄蒿凶凶地长着，潮潮的闷热弥漫在苇子沟，偶尔的风好像有了颜色。我们拨开，再拨开才见郊外，头上顶着草叶。

早年叫苇子沟的宾县，今天没有了苇子，就像开发区代替了庄稼。

那时的郊外是有方向性的。东面是高岗，有两座大烟囱说是炼人的，时常的浓烟覆盖着岗上的土地，有一种味夹杂着一些颗粒状的东西，家长们是不允许我们向东的；南面是大路，永远的大路，路边散落着民房，无尽的民房，走起来到不了我们想去的地方；北方是田野，高高矮矮的庄稼铺向天边，整齐得让我们不敢碰它，地里有草人，假装威风地在赶鸟，夏天的我们也像鸟，还有就是看青人的吆喝，其实更重要的是没有我们找的东西。

找什么，大了才想明白，是野气。

西面呢？几条大沟，长满了荒草，越到沟底越茂盛，沟边不远有宾州河在静静地流淌，北方的河是少有沙滩的，因过水，岸边的草都矮矮的，比今天城市的草坪要软。大片的黄土，在北方，黄土是不种庄稼的，有沙。现在想来，北方的黄土也该产粮食，那野草长得很有气势，只是北方地多，黑土地还种不过来呢。

七月，黑星星成熟了，不但能吃还很甜，野草莓红得透明，老远就勾着你，还有一种叫酸浆的野果吃起来酸得瘆人，总归还能吃。那年月，孩子的嘴就像个口袋，有东西装就行。若玩累了，就躺在河边的草地上见雁阵北去，火云西行。有水，有吃的，还有蝈蝈，孩子们就忘记了现实生活。

还有的就是那片森林，黑黑的全是榆树。说是一片是不准确的，林的中间是个空场，那是一片坟茔，无风的天，静得冷森，树叶一动，林子里呜呜地响，像哭。

每到清明，学校组织扫墓，由孩子们自己做花圈，排着队，打着旗，扛着铁锹和笤帚，一个上午，森林中人气很盛，记得那天总是下雨。

宾县的烈士陵园，名气大着呢，它记载着抗日战争的最后一场战斗，上百号人死得惨烈。

一般是在下午，吐了吐肚子里的酸水，就结伴到林子边望一望。张望像探险，恐怖且神秘。林中有房，门总是关着的，有窗，糊的是黄纸，似乎有意遮挡阳光，有路但像蛛网，罩在坟茔之间。

看坟的老头有个怪怪的姓，姬，书里看到过，皇族，高贵着呢。若见他那背着步枪瘸瘸的背影就心安些。心安不是不怕，姬老头凶得很，不知为什么，他像恨所有的活人，包括孩子。可最怕的是平地响起的一股风声，闪电一样的风声，那四条黑色的大狗从来不叫，真往身上扑哇，能管住的，是一声尖尖的吆喝。

宾县人是从来不吃黑狗肉的，阴得很，犯老病，可有人说黑狗毛烧成灰能治外伤。

姬老头的狗和河水是宾县的大人们最不准孩子靠近的，虽然那黑狗还没有咬伤人的历史，因为只要人们跑出森林一般它们就不撵了。

对宾州河的记忆永远是美丽的，而姬老头的狗是我们的噩梦。

姬老头的狗，不是姬家的狗，因为，森林里住着的人没有给我们家的概念。孩子理解的家是一缕炊烟，是母亲倚在棚栏边的呼唤，是吧唧吧唧的吃饭声，是打完架最想跑到的地方……

二

每年开学的第一个早晨，教室里嘶嘶啦啦的有线广播总是向我们讲着两个有关宾州的故事。一个是关于一个叫吕大千的人，据说是当地抗日活动的革命领袖，还说就义后还扔下三个孩子；再讲的就是"木炮轰宾州"。这些故事，孩子们听得不大懂，也不好听。按说几十年后，我们不该记得，可不知为什么，那些情节却牢牢刻在我们的心壁上。

姬老头不是一个人，他还有一个女儿，大名怎么都想不起来，只记得姬妞，"妞"——宾县人是不这样称呼女孩儿的。姬老头是哪儿的人，大人们也不知道，因为他从没说清过一句整话，也不同人好好说，张嘴就是骂人，为啥？不为啥。尖尖的吼声，打远着呢。

县民政局的人给他送补贴，一般是放到第一个坟茔的石碑上，再爬上一棵树，扔块石头，狗出来，老姬头也会出来，然后用手指指，就算领工资了。姬老头是个聋子，大人也怕他的狗。

姬妞和我是同班，个头与老师一般，年龄她自己也不说多大，常穿着男人的衣服，用布包着课本和几张纸，夹在腋下，上学像走亲戚。眼睛一瞪，吓人哪，班长收作业总是绕着她走，老师也从不问。班里的活动她随意，名字在最后，一般就不点了。没人同她玩，不仅是因为她长得丑，黑黑的，像男人，还因为她吐出最多的字是三个：你妈×。

那时我们的学校是土房，就是说，房顶是草的，墙是泥的，屋地是土的，只有教务处是栋青瓦小楼。有一天最后排的黄三贵淘气，上课晃荡着板凳，一只凳腿陷进了地里，出现了一个洞，男孩子们好奇，课也上不下去了，就用手扒那个洞，一会儿，黄三贵捡出了几根骨头来。狗的吧？牛的？不会是猪的，猪的骨头一般都会被人砸碎，里面的骨髓能吃。

姬妞嘴一张一合："人的。"

班主任没说啥，出教室找来两个工友，拿着锹和土筐，将那骨头装到筐中，又捡来一些石块儿填进洞里将屋地平上，踩实，课还继续上。只是老师说了一句："当年，咱们教务处的小青楼是日本宪兵队。"

那时的人们可能离战争不那么遥远，对这些事并不怎么恐惧，但也成为一个话题被人议论着。给我们烧开水带晚上打更的那个老头说："这个院里阴气重，闹鬼呢。不信？你们是小，没经过，说出来，你们都没法上课。真不信？那我可说了？有天晚上我听见三班的教室里有响动，就将手电筒支上了，见有个老太太从黑板后面挤了出来，穿着'满洲国'的衣服，两只手上的指甲都尖尖的老长。

她被手电光一照，嗖的一下飘出了窗户，窗户玻璃上还留下个大手印，直到太阳出来一照才没有的……"

没过几天，那老头被公安局给抓走了，听说不是因为讲这事。他说过，早年也是抗过日的人，给抗联的赵尚志当过警卫员，那赵尚志是个小个子，一米六出点儿头，嗓门亮，抬手一枪，杀人跟玩似的。还说那大烟土可是好东西，有个病、伤口疼、累了、饿了就抽上几口，马上就俩腿飘轻，翻几个山头跟玩似的，把小鬼子扔老远。后来说他当过胡子，还打过抗联呢。

姬妞，我们更有些怕了，也有几分佩服，"人的"，那话说得真自信。她更加独往独来，谁都躲着。每天都是上课了，才见她通过宁静的操场，一个人冲我们的教室走来。放学，先出教室，冲西，我们都到家了，她还一个人穿过或草或雪的小路，向着那片黑森林，暮色中她背对着城市。

有个新来的老师站在讲桌前不高兴了，这学生怎么在上课时，进出课堂不举手呢，说走就走，于是就提问了她。哪知，姬妞踢开桌椅，坐在地上大哭起来，书也不要了，撞开门跑了。那个下午，姬老头端着步枪，闯进学校，吼着到处找那个女老师，枪栓拉得嘎嘎响……

后来，公安局的来了，县委书记也来了，可姬老头气没消呢，谁来也不行，那支美三〇步枪冲着操场上的人群乱晃。县委书记撕开了前襟，一支手枪露了出来，那时的县领导是配枪的。姬老头见了，像捏到他一根大筋上，枪口自然抬高，双足并拢，一个立正，老实了。配小枪的肯定是首长。

那个女教师在一间小屋里已经不会动，也不会哭了，据大人说那天正来事儿，送进了医院。从那天起到我毕业就再没见过她，想起来那女孩长得很好看。

县委书记没有马上走，把教职员工都召集起来："对不起大家了，这孩子是我安排到你们学校的，原想让她认识几个字，能学多少学多少。为什么？大家还记得一九三四年打宾州城时的那门木炮吗？老姬就是那门炮的炮手……"

三

除了清明，陵园是没有什么人来的。坟头上的蒿草黑绿黑绿的，秋天泛黄的时候，才见姬老头割着，留给冬天。坟茔的墓碑只有一个，仿着天安门广场的英雄纪念碑，没有姓名。那年的枪炮声不但断了他们回家的路，连思念都变成了硝烟。埋到这里的他们不会没有亲人，而亲人也永远不会找到这里，战争不给思念设置路标。

清明，县里各单位都组织人来扫墓，森林内外都是人。姬老头早早就把四条黑狗锁到圈里，他在什么地方没人能看到。宾县的清明草还没有返青，大小的坟茔飘着鹅黄，有两间红砖的小屋，树的掩映下别墅一样，这是县里住房最好的了。

我常围着小屋转上几圈，怎么没有烟囱呢？

人们象征性地打扫几下，因为平时的坟茔就很干净，然后就开会，有领导讲话，有党员、团员、少先队员在碑前宣誓，至今我还记得："红领巾是红旗的一角，是革命烈士的鲜血染成的……"

快到中午时，人们陆续散去，这天的下午不上课了，花圈留在了坟头上，一大片，比春天还要震人。孩子们想，这天肯定是姬老头和姬妞的节日，同我们过大年一样。

姬老头有一片全县最好的果园，园里有杏、李子，品种最好产量最多的是沙果，沙果中黄太平和海棠果又最出色，黄得清亮，紫得可人，并且个个都挂着粉状的一层，那是手没碰过的。

那件事出了之后，姬妞就不上学了，一到秋天挎着个柳条筐上街里卖沙果。她从不到市场里去，想在哪儿卖就在哪儿卖，也不吆喝，遇到我们放学，她就低下头，乱蓬蓬的辫子垂到鼓鼓的胸前。黄三贵说，卖沙果还带晚饭，怀里揣着馒头呢。

她的生意不好。大人们告诉孩子们，不要买她的果吃，坟地里长出来的，瞅着吓人。还说，她家种的土豆像小人头那么大，白森森的还有鼻子有眼，那茄子黑亮得像我家的猫……

日子久了，姬妞也有所察觉，她到汽车站去卖，外地人多，果子也打人儿，一筐的沙果到黄昏的时候也能卖出大半筐。或许她回去说了，时常见姬老头站在街口骂，骂什么谁也听不清。那年月没啥热闹可看，一骂起来，就有人远远地看着，人越多他骂得越凶，直到他跳着脚，开始摆弄大枪了，人们才耗子一般溜回家，将门关严。其实并不可怕，因为他从不走进街里一步。

姬妞不是姬老头亲生的，姬老头没结过婚，街头巷尾总这么说。哪儿来的，谁也不知道，那年月孩子多，要一个或捡一个的都是平常事，况且，森林边就是扔死孩子的地方，男孩儿三道绕，女孩儿两道绕，用谷草或稻草。那黑狗吃过死孩子吗？大人也不议论，只说，那狗皮毛亮得……吃啥了？

黄三贵买姬妞的沙果，原因是姬妞的秤给得高，笑嘻嘻再添几个也不说啥。黄三贵没大人管，父亲死得早，母亲是县里有名的疯子，是见东西就抢，见人就打的那种。他从小就吃百家饭，穿百家衣。有天我把他领到我家，妈妈说，这孩子能活下来真不容易，天养的。几个月大的时候，常见他妈手拎着两条腿，头冲下，满街跑，谁要惹着她就用孩子打人。在我家吃饭，妈妈从来都用最大的碗，吃完后，那个碗就不见了，现在想来，我的母亲也有不厚道的一面，肯定是嫌黄三贵脏。后来，他的哥哥大贵十六岁就结婚了，娶个大媳妇，乡下的。黄三贵也算有了家，只是这家是从来不管他的。那年月也有好的地方，人心善，穷人好活，没钱交学费、书费也能上学，街道开个介绍信，校长就有权免。

黄三贵不能算我的朋友，妈妈说，离那孩子远点儿，太野，有时还偷东西。这话我信，要不他买沙果的钱从哪儿来的呢？

可他会玩，春天吃榆钱儿，他爬得最高，摘下的榆钱儿又大又嫩；夏天到河边去，他会水，能摸鱼，野地里啥能吃啥不能吃全都门儿清；秋天就更离不了他了，偷瓜在那时不算劣迹，况且想吃瓜根本就不用偷，找个瓜棚吃就是了，但不准拿，拿走得花钱，一斤几分钱。偷瓜属于孩子们游戏的一种，可我或我们是不太敢真偷的，看瓜人的长鞭头狠着呢，因为孩子进地会把瓜秧绊折。黄三贵就不怕。还有就是偷苞米、土豆，不但能弄回来，还能整熟了。那时的我们是不能玩火的，除了怕着火，火柴金贵着呢，可他有。找个没人的地方，燃着一堆火，烧熟偷来的食物，香啊。尤其是土豆，黄三贵将土豆放进一个挖好的坑里，盖上烧苞米剩的炭火，再将土埋上，就带着我们下河，没他命令谁也不准扒开。等我们在水里玩得有些个时辰了，就等着他向埋土豆的地方走去……

那土豆的香味已经溢出地面了，撕去薄皮，里面黄黄的，面得呛人。

除了会玩，黄三贵也有震撼我的地方。他妈是疯子，疯子认识唯一的人就是自己的儿子，时常在放学的校门口，她等在那儿。每次我们一见就像石打麻雀一样，跑开了，疯子打人。可黄三贵不跑，他站在同他妈有点儿距离的地方不动。那天，我见那疯子哈哈地大笑，奔向黄三贵，我吓得喊了起来："你快跑哇!"

黄三贵没动，他妈一个高就将黄三贵抓到怀里，人们呆了。我们见疯子在亲她的儿子，亲着，亲着，黄三贵的脸上在流血，他闭上眼睛，两手背到身后，任疯妈妈在他的身上撒欢儿……

我一辈子不会忘记当时的情景了。

有天，我又同黄三贵去了西岗，又下水了，于是不敢早回家。妈妈总是在我进屋的第一时间，拽过来划一下我的胳膊，若见有白痕，就没二话地一阵巴掌。大了我问她，你当一辈子教师，为啥总打孩子呢? 妈妈笑了，不打你你不上天啊? 现在想打也打不动了。

就在河边玩，黄三贵光着腚冲着太阳，劈开腿平伸臂，让我看身影。"念啥?"我说念大。他又转过身去，"这念啥?""还是大。""念太!""那点呢?""这不是吗?"他指着小鸡鸡。

太阳快落山了，黄三贵突然说："咱们偷姬老头的沙果去。"

"不去，那大黑狗太凶，再说我妈不让吃他家的果。"

"你们不知道，他家的果是全县最甜的，狗没事，等它出来咱们已在树上了。你不去我去，这水里可有蛇，我一走就往岸上爬。"

那天来玩的就我们俩。

我害怕了。

真像黄三贵预料的一样，我们爬上了树，那四条小牛般的大黑狗才冲到树下，它们围着树转，低低的吼声嗡嗡的。后来我学唱歌时，总会想起姬老头的狗，那狗的发声是典型的胸腔共鸣，还靠后，男低音，高级着呢。

出乎那位"小江湖"预料的是，那四条狗不走了，转了一阵之后，竟然趴在树下，抬头盯着我们，眼神中透着执着，我俩像挂在树上的腊肉。眼见得天一点一点黑了，我大哭起来，一声声爸呀爸呀地叫着。黄三贵口含着半个沙果不动了，傻呆呆地看着我。

我不管不顾地大哭着，并骂着黄三贵。

平时那个净骂别人的主儿，现在变成了好脾气，悄声地哄着我："别怕，它们一会儿饿了就走了。"

"它们等着吃我呢。饿了也不会走，死孩子吃惯了，活孩子它也吃。"我怎么冒出这句话来？

天完全黑了，树下八只眼睛发着绿莹莹的光，我吓得哭不出声了，可那个"小江湖"找了个粗一点的树杈闭上了眼睛，他说想睡一觉。我这个气呀，回家晚了就得挨揍，更别说一夜不归了，我就用脚踹那树杈，"你先下去让它吃，你个儿大肉多。"心里乱动可手却抓住树枝不敢动，万一掉下去，那狗不但把我撕成碎片，连血都能舔干净了……

树下有了脚步声，一支手电光冲树上照着，我一惊，哇的一声大哭起来。

是姬妞。

"回去，回去。"她踢那狗。那狗冲树上低鸣几声，窜回了森林中。我和黄三贵下了树，冲姬妞献媚地笑着。

姬妞在朦胧的月光下显得不像白天那么丑了，她没说话，走到树前，往树干上踹了几脚，头也不回地走了。树下落了一层熟透了的果子，月光如水……

四

回到家里就病了，因为有病，妈妈没打我，但把笤帚挂到墙上，

188

并指着说："等你病好的。"

我怕病好，那病真的就不好了，发烧，说胡话。

邻居家的张奶过来说："从坟地里回来怕是冲着啥了。"

"那咋办？"

张奶带点儿鬼气地回了她家，一会儿，悄悄地塞给我妈一叠黄纸剪的东西。"半夜烧了，念叨念叨。"又耳语一番。

后来妈妈说她剪的是几条狗，烧没烧，始终没说。

一周后上学，黄三贵同我嬉皮笑脸的，我不理他，这也是我妈说的，说时拧我的耳朵，以后很长一段时间一想我妈耳朵就疼。

"我告诉你个秘密。"

"不听。"我把头藏到书桌里。

"那我跟别人说去。"脚底下的嗒啦声远去。黄三贵长个歪歪脚，就是双新鞋，几天也会把鞋帮踩堆了，况且他没有过新鞋，所以，他走路声总是"嗒啦！嗒啦！"的。

我是决心不同黄三贵玩了，除了妈妈天天问我，还有就是他玩的游戏越来越凶险。我家住在宾县一中的院里，一中坐落在县城最西边的岗上，工字房，丁香、枫树、杏树和花草围绕，风景区一样的校园。从后窗能见着一条通往烈士陵园乃至哈尔滨的公路。我常见黄三贵一个人往那片黑森林里跑。他比我们大几岁，也不过十六七，去干什么？哪儿来的胆儿？

黄三贵想告诉我的秘密，别人同我说了。说我同他被黑狗困到树上时，他真的睡了一觉，并在梦里看见坟地里有人出操。好几百人，都穿着黄不拉儿的衣服，戴着狗皮帽子，扛着大枪，喊着一二三四，脚步声比大鼓还响，连地都跟着动……

这话大人们也说过，说有时半夜路过烈士陵园时，能听见哨兵

189

互问的口令声："口令！"

"灭寇。回令！"

"光复"……

还有军号声。

肯定不真，书上说世间是没鬼的，人死了就是死了，但人们还是怕坟。那片森林里夜间有磷火是真的，白天爱起旋风也是真的，有风天不算，无风的时候，突然"轰"的一声，一般在树下或在墙脚，旋起一团烟雾，小则十几米高，几米直径，大则上百米高，急速旋转移动，若经过我们的操场，篮球架都会被刮倒，小鸡会弄上天，旋到几里地会渐渐消失。一遇到旋风，我们就会拉起手来高喊："旋风旋风你是鬼，三把镰刀砍你的腿！"为什么是三把呢？不知道。

听说早年真有人往里扔菜刀呢。

木炮轰宾州是在一九三四年的五月，那年风硬，原野上的鲜花该开了，可是没有。或许是等着打完仗再开，因为硝烟中开也白开。

那时的宾县有城墙，于是日寇在城墙上嬉皮笑脸的，在笑抗联没炮，没炮就等于"瘸子打猎坐山喊"。妈的，自己做个炮！钢材是找不到的，那就用木头做，可木炮并不全是木头。先用厚铁皮卷个筒，七米多长，半尺直径，外面用湿柳木破开包上，用五道铁箍固定，再用粗铁线缠紧。炮膛里能放十几斤炸药和几十斤能伤人的铁块。行不行，有多大威力，谁也不知道，因为不能试炮，这炮只能打个三两下，万一行了，就会少打一次，要是一次行第二次不行了，试完等于白做了。

攻打县城的那仗打到关键处，木炮就推到了一个高岗上，那次装的是在哈尔滨哪家大粮栈抢来的大秤砣，小人头大小。炮响处一溜火光，城门被砸个大洞，那秤砣在街口红红地滚着，把几十个日

190

本兵和上百个"满洲"兵吓出了北门，燎了。抗联的人还不知道城里咋回事，当时还叫小姬呢，他浇水将炮身上的火弄灭，"再来一炮，我看能行。"

"这次多放点儿药。"砸碎三个大铁锅都填里，反正没人想把这炮留到下次。

炸膛了。

炮阵地上只活下姬老头一个人。

后来那块地莫名其妙长起了一片榆树，那土地肥得吓人，只见那树一天一个样，春天长出的树叶，黑绿黑绿的，整片树林中没一个鸟窝。

五

小学毕业了，我回了一中，那是宾县最好的中学，可对我来说地狱般的日子开始了。几乎所有的任课老师都是我们院的，那时在一个院住着人亲，况且好多是爸爸的同学、妈妈的闺中密友，他们的孩子都是我从小的玩伴。在院里见到我如今的老师，总是称平平他爸、彬彬她妈……

课堂上不敢乱动，课下不敢打闹，若有的作业完成得不好就有老师用本子敲我的脑袋。有次上数学课，我忍不住躲在前桌的身后淘了起来。彬彬她妈："那个小不点儿，你给我站起来。"走到我的桌前，拽起来就是两脚。我们班长说："老师，你怎么打人？"

老师笑了："我不但可以打他，还敢扒下他的裤子揎他屁股，要不是我点头，这世上还没他呢。"

下课班长问我，我低头："大学时，我妈跟她最好。"

最要命的是我爸教我们的物理课。

这样的日子，我突然怀念起黄三贵来，小学时的疯玩真幸福哇。听说他分到了三中，没上多久就不念了，有人看见他在一工地当小工，别人一天挣一块六毛四，他挣一元三毛八，国家定的，女工的钱。还听说他在街头打架被送到少年管教所了，打架是为了姬妞，说有人摸姬妞的胸，他急了，我不信。

黑森林那边去得不多，大了几岁玩心不那么重了。夏天还想下河，只是中学生的我，知道再下河不能光腚了，得穿裤衩，可裤衩只有一条，湿了会凉得难受。只有到秋天到那几条大沟里打点儿柴烧。

每到清明，还去扫墓，知道姬老头还在，姬妞也在，那四条大黑狗生了小狗，在圈里的眼神中有了一点不易察觉的母性。

六

一年以后，我见到了黄三贵。

那天学校包场看电影。每次在电影院门口排队进入时总会有一群不上学的孩子围在一边，若有机会就跟着队伍混进去，包场电影不卖票。黄三贵在那帮孩子中，个子高人一头。

他没有同人挤，站在后面呆呆的，穿的是一套工厂发的工作服，衣服袖和裤角都挽着，不知为什么，他的脸上少了在校时的那种生动，有了成人般的忧虑和小心，他不再属于我们这个队伍。我心动了，到他跟前悄悄拽他一下，让他排进我们的队伍里混进去，穿工作服没事，那年代穿父亲衣服的孩子多了去了。还没走到门口，我后面就挨了一脚，一下子把我踹进门里，妈妈的手扯着我的脖领，跌跌撞撞地弄到了前排。我回头再找黄三贵时，只见他一个转身的背影……

姬妞的生意比以前大了，春天卖野菜，夏天卖青菜，秋天卖沙果，到了冬天挑一担枝柴。她完全是大姑娘了，从后面看也有了扭动的腰身。

城市和黑森林的联结，是靠她的来来往往。

我不太怕姬妞了，有时路过她的摊前还站下来盯她一会儿，那时她也会不好意思，有时会把头扭到一边或用手抠着裤子上的泥点。有天她居然同我说话了，她说："黄三贵说，你是他的朋友，你家的饭是全县最好吃的。"

我惊呆了，她说话时也像个人儿似的。

"你咋不到我们学校门口去卖，那儿人多，离你家还近。"

她使劲地摇头。

那天她说："给你，能当哨儿吹呢。"两枚子弹壳。

姬老头更老了，我们时常见他坐在第一个墓碑前，怀抱着那杆大枪，呆呆望着公路上的车来人往，骂人的气力大不如前。解放好多年了，有人说把他的枪收了，他就同人拼命，又有人说，没子弹，老人的拐杖一般。

他是哪里人呢？兄弟姐妹都在哪儿？他不想家吗？如果没有家也该有家乡啊。我常常这样想。

其实，无论人多老都能在他的言行中和眼神里，看到他的中年、青年、少年和童年，岁月刻上去了就不再消失。但姬老头没有，似乎战争的硝烟断开了他与从前。

那么，他眼里的宾县是什么地方？

193

再见到黄三贵，是出大事的时候。

那天，在路边的操场上我们正上体育课，听有人喊，姬老头把个孩子捆到大树上正抽呢。我们也不顾老师的制止，一窝蜂地跑了出去，那年代人们都喜欢看热闹。拨开先到的人群，我一眼就认出了黄三贵。秋风中他光着上身，双手被弄到树后，是用铁丝绑的，头垂到胸前，一条腿站着，另一条腿拖着，浑身是血……大人说，那条腿断了。姬老头左手提枪，右手挥舞一根大拇指粗的榆树条，尖尖地怒骂，那黑狗在黄三贵的身边转着，因为有枪和狗，没人敢近前。大人们只是在远处喊着："为啥呀，他还是个孩子！打死人要偿命的，你是功臣也不行啊……"

警车响了，由远及近。警车的后面还有一车民兵。

一个领导模样的人，拿着个大喇叭，冲姬老头喊："你把人放了，由我们处理！把你的枪撂到地下，举起手走过来！"

姬老头哪听啊。撂下树条，端着枪，哇啦哇啦冲着人群。

民兵和民警把树林包围了，一个人同上千号人对峙着，大喇叭声中裹着那我们熟悉的吼叫。那四条狗围在姬老头的身前身后蹿着，包围圈缩小，狗扑了过来……这时那个小时候见过的县委书记，从一个民警手中抓过一支枪来，拨开人群，叭叭两枪，四条狗变成了两条，剩下的两条围着死去的同伴打着转，或用嘴拱。

姬老头疯了，把枪端到肩上，人群轰地散开了。空场中县委书记没动，姬老头盯着那个打死他狗的人，呆了一会儿，他拐拉着腿，冲大墓碑走去。县委书记拿过大喇叭："姬有财，你把枪放下，听候公安局的同志处理，我只说三遍。"

姬老头叫姬有财，我第一次知道。

姬老头好像没听见，只做自己想做的事。

194

他坐到碑前的石阶上，脱下鞋，把大枪抱在怀里，右脚的大脚趾扣到枪的扳机上，眼睛睁得老大，透着异样的光芒，四下打量几遍，把枪口含进嘴里，闭上眼睛，大脚趾一动，枪没响，他调过枪拉一下枪栓，又扣一下，还没响。姬老头凄厉地叫了一声，跳起来撞向石碑……

我的耳朵又疼了起来，我妈满头大汗来到我的身后，扯起就走，我跌跌撞撞，后来怎么收场没看见。

我还是放不下黄三贵，可听大人们说，他的病房前有岗哨，去也进不去。一周之后岗哨撤了，说是公安局询问姬妞，被强奸没有，姬妞直摇头。

我约了几个小学同学，还买了点儿沙果。

黄三贵说，他啥都没干，只是想看看女的是咋回事。他的腿真的断了。大人们议论，那天下午，见那孩子同那丫头在个大坟包上滚着，那丫头露着白白的屁股，被姬老头发现了。

宾县的烈士陵园换人了，是个乡下来的老头，笑眯眯的，和气得很，晚饭后常到我们院来找人聊天。老头说，那个姬老头哇，过的啥日子，屋里连个炕都没有，这么多年就睡在一堆稻草上，做饭就在屋地拢一堆火，好在那挂锅的支架还结实，是三把日本鬼子的军刀。说姬妞嫁到山里去了，婆家人知道了她不是处女，就驴一样使，猪一样喂……

名 镇

一

　　红星是一个小林场，同省城虽然只隔着两层山脉却没有公路。公路好像以前有过，这些年不准伐树，会伐树的工人们闲着两只手等了几年，就都到别的地方找活儿干了。场里留下的多是老人和孩子。没有了进出的汽车，公路开始长草了，长一种矮矮的、干干的黄草。

　　没有木材的林场是睡着了的林场。

　　小霜子总爱坐在山岗上的那块石头上往省城那面看，他想看到城市的样子，他总觉得电视上的是假的，是人用什么机器拍下来的，同他心里想的不一样。心里想的是什么样？反正不一样，楼那么高？刮大风咋办？城里也下雪吗？车那么多？人咋走路？小霜子看不见城市，因为有树，越看不见时越想看。小霜子知道城市的好，也许冬天没那么冷，夏天没有蚊子，上学坐车，放学也坐车，那种有窗户有暖气的大客车。操场是水泥的，下雨天也能玩，特别想的是有一双真正的耐克球鞋。

　　小霜子想到山外去，其实不是城市也行。别的孩子也这么想吗？不知道。

十月底开始能看见城市了，早霜一下，山的那边就会有一道厚厚的黑幕挂起，是浓浓的烟雾，准时准点的，那烟雾不怕风，不怕雨，接天接地，无边无沿……

大人们说，有烟雾的底下就是省城。

老师说，那叫雾霾。

小霜子家开个小饭馆，老工友们说，一把年纪了，一个伐树的，出去能干啥？瞅你炒的那菜，只有我们能将就吃，你再走了，连个喝酒的地儿都没有。

小饭馆靠老工友们养着，日子过得倒有几分舒心。

林场的学校是个只有十几个孩子的"稀里糊涂"的学校。

下午的课又没上，从教室的后窗爬出来，一个人来到南山坡上，在暖暖的草上躺下，他来这儿等大雁群。秋天里有火烧云的时候，总会有大雁群在头顶飞过，只要小霜子在这儿，大雁们总是在他的注视下由"一"字变成"人"字，而且还"咿啊！咿啊！"好像专为小霜子变的，像在演出。三年了，小霜子记住了这个时辰，他喜欢看，他盯着东北方，雁群时常在那个天边出现。

小霜子知道他今天看不到大雁了，日头快落了，那道黑幕越来越黑。他长一百个脑袋也不会想到过些天，会在很远的地方飞来一个朋友，他管那个朋友叫"奔头儿"。

"奔头儿"的名字是小霜子给起的，因为它的额头高高地往前罩着，上面长着一撮绒绒的红毛，被风一吹像花一样开放。

"奔头儿"是一只小雁。

二

去看看"老头儿"去。转过南山岗有一棵老树，那树长得大得惊人，树枝比其他树的树干都粗。只是老了，有些树枝不再长叶子，树的表皮都有深深的沟痕，呈黑褐色，像邻居张爷爷的脸，有风刮过来时，别的树是"呜呜"地响，"老头儿"却是一顿一顿的像人咳嗽。"老头儿"很霸道，它的枝干想伸到哪儿就伸到哪儿，别的树像躲着它，树下居然不长草。

树上住着一只松鼠，是那种真正的松鼠，大尾巴的，同同学说，没人信，说咱们这儿没有那种松鼠，都是小尾巴，身上带三道杠，大人说叫桦鼠。不是，跟动画片上的一样，睡觉时能将尾巴盖在身上。也有孩子跟小霜子来看松鼠，没有一次见到的，于是人们认定，那只大尾巴的松鼠是在小霜子的脑袋里，是想出来的。也没人跟小霜子犟，因为他是个"一脚天一脚地"的孩子，净想些山外的事，山外是什么事？不知道。

那只松鼠就在树杈上，匆匆忙忙地啃着，不是吃是啃，啃掉的树皮落在小霜子的脸上，只有小霜子一个人时，小松鼠才在树上，小霜子知道就是这么回事。

"能跟我回家吗？"松鼠能不能听懂小霜子不管，反正他是这么想的，因为冬天快来了，小松鼠太忙了不管他。

三

早晨醒来，外面下雪了，妈妈说十年前生他的时候，也这么早就下雪了。打开窗户伸出手，雪花落在手上马上就化了，不是冬天的雪比冬天的雪还凉，因为没穿棉衣，没把十月当冬天。小霜子背起书包就跑，跑进仓房拿了几个苞米棒，小松鼠吃什么？树皮不能吃的，你又不是羊。

远远地看见"老头儿"了，小霜子站住了，以前斑驳、稀疏的松枝变成了黑灰的一团，有些像大大的叶子，还不像，风吹上去不动，也没有了老人的咳嗽声，那是什么呀？

小霜子的脚步放慢了，有点儿害怕还很好奇。我的天，巨大的树上落着满满的一树大鸟，他们都缩着脖子一动不动，身上和头顶的雪都没有化，只是眼睛都睁着，都盯着前方，前方是城市的方向，黑黑的浓雾是一堵厚厚的、接天接地的墙……

小霜子呆住了，它们睡着了？鸟睡觉也许就睁着眼睛，小霜子的手捂成个喇叭："嘿！"它们还没有动，像是没长耳朵。虽然一只只像大鹅似的，肯定是鸟，鹅不会上树，鹅是白的，全林场的鹅也没有这么多。

你们为啥不飞？翅膀上的雪不化了。

小霜子扭头就往回跑，上气不接下气地跑回家后冲爸爸说："南山大树上有一树的大鸟，喊它们也不动，用石块打也不动，好多，好多。"

"什么大鸟？"

"不知道，长得像鹅。"

爸爸正忙着，头也不回，"它们为啥不飞？"

"冻死了吧？"

"真的？"爸爸把手里的活儿停下了，又看看天。

"快去看看吧，老多老多。"

爸爸定睛看着儿子，好像是真的。

在"老头儿"面前爸爸也愣了，他跳一下抓住树枝一摇，啪啦，啪啦！掉下了几只，近前一看，爸爸说："这是大雁。"

大雁硬硬的，都睁着眼睛。

爸爸二话没说捡起来就往肩上扛，"快！你也抱一只。"说着就往山下跑。一进小街，有人在问："他叔，哪儿来的大雁？"爸爸不吱声就是走，小霜子嘴快："对面山上捡的，还有好多呢。"

爸爸狠狠地瞪他，一进家的小院就喊："快！麻袋，推车子。"等到爸爸和小霜子重新踏上南山的小路，小路上已经都是人了。爸爸扔下推车子只拿麻袋往上跑，好在别人不知道在哪儿，有心眼儿的跟着爸爸。爸爸爬上"老头儿"猛地晃着，树上的大雁像下冰雹一样，"啪啦啪啦"地往下掉，覆盖了半个山坡，然后跳下树就喊："快！往麻袋里装，挑大个儿的！"

先上来的人都疯了，有的拣成堆说"这是我的，谁也不能动"；有的干脆就趴在一堆雁上，眼睛凶凶的……涌到山上的人越来越多。

小霜子听爸爸的，专拣大的，他看见一个最大的，扯着翅膀一拽，翅膀下还有一只小雁，那只小雁眼睛在动。

从此那只小雁就有了自己的名字，叫"奔头儿"。

山坡上，人与人之间，人与雁之间，争吵着，厮打着，后来上山的没有捡到就这堆看看，那个袋子里瞅瞅，买卖开始出现了，没有捡到雁的就从有雁的手中买，开始时是一百元一只，到了山下就涨到了三百元，据说，有的人要送礼，好的、大的雁能叫到五百元了。

因为这是野生的，野生的为啥贵呢？

打那天中午开始，林场所有的酒馆都打出了"铁锅炖野雁"的招牌，绝对野生的，并将大雁挂在门前给人看。

黄黄的、废弃的公路上开始有了汽车，车走得很艰难，可还是有人来。谁是第一拨来的已经说不清楚了，也没人想说清楚，反正寂静了多年的红星林场开始热闹起来了。

人们说，这块儿空气真好，就是下车深吸几口也值。

人们说，铁锅炖野雁，纯绿色，挡口，过瘾。

开始是整只整只地炖，放上黄澄澄的土豆，还有红艳艳的辣椒，用大盆盛上来，有着林区人的豪爽和大气，白酒用桶装，喝多少自己倒，酒是自己酿的，有把子力气，这种吃法同城里的精致菜肴相比别有一番趣味。后来人们就同鸡肉、鸭肉、鹅肉一起炖，意思到了，还是整盆整盆地端。

四

那只还能眨眼睛的小雁被小霜子抱回家，把它放在炕头上暖着，爸爸进屋看了一眼没吱声，小霜子发现大雁有功，家里的大雁是全林场最多的，卖了一些，也留下一些，来买的人挤在门口同爸爸商量着，价钱也不断地在加。"不卖，我们家也要用这大雁揽客呢。"

小雁会动了，从小被里伸出了头，高高的额头一撮红毛。"妈妈！就叫它'奔头儿'吧。"

"嗯，这么小，它咋没冻死呢?"

"是它妈妈保护了它。"这一点小霜子坚信，因为它在那只大雁的翅膀下，那只大的肯定是它妈妈。

"它吃什么?"

"可能吃小鱼。"

"咱家有吗？"

"嗯，只要河没封上，咱家就有。"

小霜子到厨房找到了小鱼，大半桶呢，平时用来煎熟下酒的。

几天后，"奔头儿"会走了，有时还能飞到窗台上，站在玻璃窗前不动了，安静了，窗外是雪。听老师说过，大雁是候鸟，候鸟知道什么是雪吗？"奔头儿"吃小鱼，更爱吃活的小鱼。在门前不远的小河里有爸爸放的一个鱼篓，夜里放好，早晨去看，里面有鱼就倒出来，煎小鱼是他家小店的一道主菜。自从有了"奔头儿"，倒小鱼的事由小霜子干了。"奔头儿"飞得很高了，小霜子想啊，就让它在家里过冬，等到来年春天，看到北飞的大雁群，再让它从这里飞上去，让它同其他的雁们讲北方的故事，再听别人讲南方的故事，没回南方的大雁肯定会成为一只有趣的大雁……

一次"奔头儿"飞到了屋里的灯管上，灯管掉下来碎了，爸爸狠狠地说，把它卖了。这时一只山上捡的大雁可以卖到一千元了。

小霜子不能再让"奔头儿"飞，再飞再惹祸真的怕他不在家时爸爸给卖了。"奔头儿"真的很好玩，每天早上一醒来，就见它站在枕旁瞅着他。妈妈说，以前家里养鸡，也有那种能飞的鸡，人们都不让鸡飞到房顶上，不吉利，要发大水的，就将鸡的翅膀剪短。

小雁的翅膀是妈妈帮剪的，再扇起来，像两个扫把儿，"奔头儿"的眼睛直直的，不知发生了什么，反正飞不了了，小霜子哈哈大笑。没有翅膀的小雁，眼神慢慢变得柔弱，吃起小鱼来也慢慢的，吃饱之后只在炕沿上跳上跳下，不到窗台上望天了，因为真正的冬天来了，一尺多厚的大雪把林场变成了另一个世界，不但没有青色，连黑色或黄色都没有了。

北方的日子是雪做的。

"奔头儿"每天就在暖暖的屋里走一走，跳一跳，或歪歪头瞅着门口，它等着小霜子放学回来，他回来就有鱼吃。"奔头儿"的翅膀又长出了新的羽毛，小霜子有时把它的翅膀拉起来，有一米多长，只是"奔头儿"不惊不闹，好像那翅膀不是自己的，有了长好了的翅膀它还是走一走，跳一跳，等着人们喂它。

小霜子把它的翅膀拉得老长："你飞呀？我不剪你了。"

"奔头儿"只将翅膀收回去，乖乖的。

这时各家的野雁早就没了，就是一锅中全是鹅肉就放一小块雁肉也没了。可所有的小饭馆里还在热气腾腾地炖野雁呢，城里的人来得一点儿都不见少。小霜子吃过几次野雁肉，没觉得怎么好吃，还不如炖小鸡呢。

小小的林场开始有了旅店，有了加油站，有了通往城里的班车，还有个游戏厅呢。

五

整个的冬天，小霜子在训练"奔头儿"。"不准动！""奔头儿"就不动。"跳到桌子上。"它真的能跳上去。"晚上我们睡觉时你也要睡，不准'咿啊'"……

过年的鞭炮一停，雪就开始化了，山坡上，小院里都露出了土地。这时的"奔头儿"长得惊人的大，在屋中走来走去同小霜子一般的高。小霜子准备了，等到雪全化净，就让它到外面去飞，要它等着南方回来的大雁群。

那天，天气极好，小霜子把"奔头儿"捧到了院里，它转了一圈，缩缩脖子，用嘴拨拉开门回到了暖暖的炕上。

它还是大雁吗？

草开始返青，河水从冰面上溢了出来，闪着莹莹的波光，场里各家的鸡鸭鹅，都像在监狱里放出来一样，纷纷从门口、杖子缝中挤了出来，春天来了。

一群鹅在小霜子家门前摇摇摆摆，他家的鹅也扇动着翅膀"嘎嘎"地叫着，出了小院。"奔头儿"也在窗台上"嘎嘎"，小霜子奇怪了，你不是"咿啊，咿啊！"吗？

也不知什么时候，也不知从哪天开始，小霜子放学回来，在林场外的水塘里看见了"奔头儿"，它同一大群家鹅在一起，游水的样子、叫唤的声音都一样，只是家鹅是白的，它是灰的，最显眼的是它头上的那撮红毛。

小霜子坐在水塘边，看着"奔头儿"安详、欢快地在水上，它还知道自己是大雁吗？

有时"奔头儿"扇扇翅膀，贴着水面"啪啦，啪啦"。

"奔头儿"很凶，会拧人，在鹅群中总咬别的大鹅，鹅们都怕它，因为它不是鹅。"奔头儿"自己肯定不知道，它是不是也想把自己变成长白毛的鹅呢？

水塘里，一只大雁领着一群白鹅在列队，在戏水，在找食吃，成为全林场的一景，晚饭后人们都围在水塘边看着好玩。

小霜子特别特别地来气，你是大雁，在云层中飞得那么高、那么远，你能飞到很北的西伯利亚，你要回到很南很南的南方，你是天上的东西，过了一个冬天，你就变成家鹅了？没出息的东西。

六

有天早上，有人来找爸爸了，悄悄地说话。爸爸回头瞅着小霜子，小霜子在同"奔头儿"说话，狠狠地批评它，把它高高地举起往下扔，让它把翅膀张开。

爸爸说："场里不准家里养大雁，把它卖了吧，给咱家好多钱。"

"不行。"

"你上学去吧。"

"不准卖。"

"嗯。"

小霜子出了院，还回头看着爸爸，爸爸平时很听他话的，爸爸都老了才有他。

自从有了"奔头儿"，小霜子很少去南山岗了，他知道了什么叫雾霾。

放学后，又见"奔头儿"在水塘里领着鹅们游来游去，鹅们早就接纳了它，好像啥事都听它的。突然，小霜子扔下书包一下子跳进水塘里，那水真凉啊，小霜子不管了，抱起"奔头儿"并把它的头扭向天空，在南边的云层中一行大雁，高高地飞来，"咿啊，咿啊！"

"奔头儿"歪歪头，眼睛向云头上找去，不动了，它看见了蓝天上写着的"人"字。小霜子大喊着："那是什么？你不记得啦？你看哪！"

"奔头儿"把目光收回来，好像在说，你在喊什么？你叫我看什么？天上的东西跟我有啥关系？什么叫飞？飞哪儿去？

"你是那里的!"小霜子指着天上的大雁群。

"奔头儿"挣扎着回到了水塘里,小霜子被水冰得尿了裤子。

小霜子怎么都想不明白,天空、远方,多美好哇,你是有翅膀的,你不是家鹅更不是小狗……

那天,小霜子把"奔头儿"关在屋里,不让它再同鹅们摇摇晃晃地走出院门,不让它"嘎嘎"的。"奔头儿"在屋地里转着,两只翅膀扇动着,眼中发出急切又有些愤怒的光芒。小霜子只好再把门打开,它摇摇晃晃地奔出院里,飞快地赶上鹅群,在鹅群中用翅膀抽打着身边的家鹅,好像在怨它们,走了为啥不等它?

小霜子彻底失望了,可能"奔头儿"要是真飞起来,飞得高高、远远的,再也不回来,他也会哭,但他还是希望它能飞,它能将冬天的事讲给别的大雁。

周末,他早早起来,拿个口袋将"奔头儿"罩在里面,他想好了。

早露将他的裤脚打湿了,肩上的口袋很沉,"奔头儿"在里面一动一动。这次他去的是后山,后山上有个高高的又是深深的悬崖,悬崖里常常有风,有云,有隆隆的响声,没人下去过,谁也不知有多深。小霜子这次下狠心了,因为在房上往下扔,在树上往下扔,"奔头儿"都"啪啦"一下,只是扇扇翅膀,它真的是只鹅了。

悬崖,无底的悬崖,即便摔死也不能让它成为鹅。

悬崖的风涌上来了,小霜子把着一棵树,往下面望一下,腿在发抖。他打开口袋,"奔头儿"的头伸了出来,那撮红毛在崖底的风中像花一样开放。小霜子抱起它,亲了一下那撮红毛,一撒手,"奔头儿""嘎嘎"地叫着向崖底坠下,碰着崖壁,挂着树丛,小霜子呆住了,好像不知自己在做什么。

"奔头儿"没了，崖下静了，小霜子知道"奔头儿"完了，他有些后悔。

突然，在涌动的风中一个身影箭一般地从崖底射出，那撮红毛像一条红线直刺天空。"咿啊！咿啊！"

在悬崖之上，在厚厚的云层之中，在太阳和大山之间，"奔头儿"像一只精灵在飞翔。要下雨了，还是暴雨，"奔头儿"丝毫没有躲开的意思，或划出一条弧线，或像刀劈开天空……

小霜子眼睛直了，在山坡上跳着，大喊着："狗日的！狗日的！狗日的！"他的眼睛模糊了，他一把一把地抹着脸，泪水在整个脸上涌动。

后来，"奔头儿"不再去那个水塘了，常常站在"老头儿"的树尖上，望着洁净的天空。小霜子知道它有一天会飞走，会去它想去、该去的地方，会永远不回来。

虽然他多希望它能回来。

"奔头儿"饿了，小霜子就用一条红领巾一摇，它还飞回到院里，落在杖子上，只是再不同鹅们抢食吃了，只吃小霜子手里的小鱼。

场里的人们又知道了，那只水塘里的大雁会飞了，时常在林场的上空滑翔，并奇迹般地被人们看着、议论着。

"奔头儿"成了当地的明星。

小霜子知道，若再有大雁群在这儿经过，"奔头儿"就会走的，就像他长大了也会离开家。"奔头儿"会飞了，于是他把红领巾系在家的院门上，"奔头儿"无论飞多远都能找到家。

小霜子盼着有大雁群飞过，他想看着"奔头儿"怎样成为一只真正的大雁，带着冬天故事的大雁，可他又怕有大雁飞过，"奔头儿"不会再回来了。

那晚，场长来了，同爸爸说话也是悄悄的。小霜子半睡半醒地只能听见爸爸的声音。

"是，全场只剩那一只了。"爸爸说。

"嗯？成家养的了，吃了怪可惜的。"爸爸说。

"是，这事是不小，咋办呢？不是钱的事，孩子的。"爸爸说。

……

隔天，小霜子在放学的路上听大人在议论。

——中午场里来客了，是省里什么搞旅游的。也来吃铁锅炖野雁？

——嗯，吃得爽了，说要开发咱这儿，招牌是天然氧吧和铁锅炖野雁。

——能行？

——不知道。

红领巾没有在自家的院门上，不知是谁给弄到一家酒馆的幌子上，旁边还有一张网。小霜子一惊，"哇"的一声大哭起来，因为他看见旁边的垃圾箱上有一撮红毛在风中像花一样开放。

过了好多天，小林场不叫红星了，改名叫雁都小镇，说是这里出大雁或是大雁故乡的意思。

溪流里的金鱼

楼道里叮铃咣当的脚步声，像是淘小子又像是喝醉了酒的，我同妻子说："你女儿回来了，弄不好又是逃课。"

女儿回家，即便是带钥匙也要猛猛地敲门，她的意思，她要回家你们必须在家，你们没有理由不在家，因为她回来了。

这次是用屁股撞的门，我能听得出，因为当父母的，每天都等着各式各样的孩子的敲门声，自从孩子离家上学后，她每次回来都是家的节日，孩子自己也知道，于是她就用各种不同的惊喜折磨着父母。

女儿手中小心地捧着个瓶子，不准我接，直嚷着快找个大一点儿的东西，然后就得去买个鱼缸。

女儿拿回来的是条金鱼。

这是我家开始的又一项工程，把金鱼安顿好了之后，女儿就跑进厨房指导着妈妈做这个做那个，然后又是吃又是带，忙三火四地往学校跑，说看宿舍的老头可凶了。

鱼缸很漂亮，有彩灯有水草有给氧的水泵静静地吐着水泡。我把方厅的灯关了，看着金鱼在游。

我想起了另一条金鱼。

多年前的一个六一儿童节的前夕，报社文化部在研究怎么出专刊，同时不想只是写点儿什么，编点儿什么，我们能不能做点儿啥？

如同某个小学搞个活动？助学？到医院看望小患者？

我想到了少年管教所，去同少年犯零距离如何？大家没吱声，因为这是个不错的新闻思路。少管所的政委是我的战友，联系起来还方便。策划就这么定了，于是我们去买了一些笔和本，还有毛巾牙膏一类的日用品，还找一家书店敲了他们几大捆的少年读物，在社里还捐了小录音机和小收音机……

我们想搞个座谈，心里没底的是小犯人们能说什么？会说什么？想说什么？

少管所的会议室够大够明亮，可我的同事们一个个脸部神经是绷着的，眼睛直直的，不知道一会儿会发生什么？刚才进院时，我的战友说："穿短裙那位就别进了，我们这儿的人见不了那个。"

"那怎么行？那是我们的录音师。"

"我们这儿有规定，还录音师？瞅她那个头儿，你用的是童工吧？换条裤子。"

大家都是第一次来监狱，连我脑中都是枪械、铁窗、镣铐声、大铁门的落锁声、一双双罪恶的眼睛……

他们办公室的刘主任对大家说："我们叫了十四个，每个记者老师的身边坐一个。"他看着我们的神情笑了，"别怕，他们不咬人。"

文化部本来就是一大群女的，经他这么一说，室内的气氛更凝重了，一种无可名状的害怕写在每个人的脸上。远远地传来口令声，然后就是纷乱的脚步声越来越近。坐在我身边的小方抓着我的胳膊："主任，我走，我想回到咱们车上去。"

"走到门口正碰上，那群小狼把你吃了。"

会议室里的所有眼睛都盯着门口，刘主任问我抽烟吗，我愣愣地："嗯？"

门开了，一大群十多岁的小光头排着队走了进来，一张张稚气的脸扬着，看着我们这群五颜六色的人们，他们回头瞅着管教，好像在说，我们还该做什么？

这是一群孩子，同我们家里的、街上走的、学校上课的、电视上唱歌跳舞的一样的孩子，除了身上的服装和小光头。这是群我们爱的、熟悉得不能再熟悉的孩子，我们无法将他们同犯罪联系到一起，而且在他们的身上还有着和我们身边的孩子不一样的认真和听话。

他们显得比我们的孩子更懂事。

我的女同事们都站起来了，将属于自己的孩子领到座位上，都紧紧地抱着，有的人哭了。

走向我的孩子是最后进来的，她没有光头，她是个女孩儿，唯一的女孩儿，非常秀气的女孩儿，低着头悄悄地瞅着我，是叫叔叔还是叫伯伯呢？还是叫领导？我抑制不住的愿望是想让她坐在我的腿上，还想让她靠在我的怀里，因为我的孩子也是女孩儿。她温顺得像只小猫有距离地坐在我身边的椅子上。

整个会议室突然变得异常的温暖，人们将带来的用品塞在孩子们的手里时都觉得特别不痛快、不好意思，非常后悔，我们应该带些更好的东西，要是有可能把他们带回家……

我的战友倚在门边用笑嘻嘻的目光瞅着我，有些话他常说，你们文化人怎么一惊一乍的？

这时我特别蔑视他，他也知道。

"你多大了？"

"十三岁。"

"在这儿待多久了？"

"一百零四天。"

她记得真清，我想哭。

"什么时候出去?"

"不知道，我没判刑。"

"因为啥呀?"

"没听领导的话。"

"我说是因为什么事进来的?"

"我对人民犯了罪。"

我马上明白了，她不想说，好聪明的孩子。她瞅着窗外，窗外有风有鸟、有汽车声、有叫卖声、有小孩儿的奔跑声，她没有显出不安，我觉得她应该不安。我们两个没有像其他人那样在说、在问，因为我在她的眉宇间看到了聚集着的难受，是那种成人式的。我知道我不能提你想家吗? 你妈妈来看过你吗? 想学校吗? 想吃什么? 这些对其他的孩子好像没什么，问了就说呗，但对她不行，我对她的情绪发生什么变化没底，她是个敏感的孩子。

我轻轻地将她往我的身边拢了拢，她又把身子坐直。除了桌子上的物品我想给她一件属于我个人的赠品，摸摸衣袋和包里没什么合适的东西，一低头看见了领带夹，银色的，图案是一只乳白的鸽子叼着绿色的叶子，我拿下来别在她的扣眼上。她用手摸了摸笑了。

"是什么?"

"鸽子。"她没说是领带夹。

"什么意思?"

"是爱。"她没理解为和平。而我的童年一旦见到鸽子只能说是代表和平。

我的战友过来:"中午吃什么? 就在我们食堂吧，菜不一定像酒店的有模有样，但好吃。"

"能把这些孩子带上吗？"

"不行，我们有规定。"

"饭钱我们出，有啥不行的？"

"不是钱的事，不能喝酒。"

"不喝。"

"多事。"

小犯人们吃得很爽、很狼、很尽兴。我一直看着那个女孩儿，她也知道。一会儿她突然悄悄地拽了我一下："我的家在一个小矿山，有一条很美很美的小河，我养了一条金鱼，我叫陈杏儿……"她说我看她的眼神像她妈妈。

为什么不像她爸爸的眼神呢？

陈杏儿家是去年搬进这个山沟的，她们是从另一个矿山搬来的，到了一个陌生地方，陈杏儿就到处跑，去看以前没见过的新鲜的东西，看树，看山上的石头，看一条小河。来的时候还是冬天，冬天的小河是冰的，有厚厚的雪。陈杏儿在盼着，盼着春天冰雪都化了的时候，小河还是什么样？

小河没有让陈杏儿失望，当水流动起来时，那水清澈得像玻璃一样，岸边是草还有小树，水中有鱼，是那种白色的很小很小的鱼，还有一种长长的鱼，鱼嘴可以吸到石头上，陈杏儿从来就没见过，也没听说过。水中的石头有白的，还有紫的、黄的，河底是细细的沙子，跟着水流变化昨天是这样，今天又是那样。

陈杏儿喜欢这条小河，听大人说，刚建这矿山时，人们就吃这河里的水，每家的水缸里都会有几条小鱼。这条小河长得温顺，好像从来没大过，就是大到把庄稼给淹了的时候，它不会。它流得安安静静，不招灾不惹祸的；它肯定也没小过，它要是没水了，过去在这儿住的人们吃什么？

陈杏儿喜欢小河里的小鱼，因为太小没人去捞它们，会吃它们，陈杏儿笑了，这些小鱼真聪明，因为它们不往大长，不长到人们想吃的那么大，于是它们在河里活得很快活。

一旦有空，就是不上学或没什么事，陈杏儿就在河边玩，她家离这条小河很近。她还曾用瓶子捉回过几条小鱼拿回家养着，过不几天就都死了，妈妈说，河里的东西不能活在瓶子里。

那天父亲从城里回来，一进门就笑了，他知道比他更高兴的是陈杏儿，他就是为了女儿的高兴才费了好大劲，才小心翼翼，才耽误了上班。他捧回了一个瓶子，里面有两条金鱼，一条白色多，一条红色多。

陈杏儿当然高兴："爸爸，它们吃什么？"

"这我可不知道，我到班上问问别人。"

后来，听说金鱼吃一种叫线蛇的东西，线蛇小河中有，父亲做了个小网兜，带着陈杏儿到河里去捞线蛇。

两只金鱼在陈杏儿的家里过得很好。

那天夜里矿井下出事了，爸爸再没回来，陈杏儿家的天塌了。妈妈带着陈杏儿像木头人似的跟着矿里的人哭天喊地地处理着后事，几天后再回家时，有一条金鱼也死了。

妈妈见着金鱼就哭，陈杏儿懂事了，陈杏儿知道妈妈哭的不是金鱼，金鱼是爸爸买的。

再大的事情说过去也就过去了，矿山还在开矿，还在发展，那天又来了好多人，说是要建选矿厂，这同陈杏儿和陈杏儿的家没有关系。

剩下的那条金鱼一点儿都不快乐，陈杏儿看得出来，它也想爸爸？或是想那个同伴？还是饿了？爸爸不在，陈杏儿不会捞线蛇。

妈妈把爸爸所有的照片都放起来了，放到她自己都不想找到的地方，妈妈不能看见爸爸，看见就想哭。可金鱼无法藏起来，金鱼是爸爸带回来的。陈杏儿已经很懂事了，妈妈的眼睛天天红红的，她想着将金鱼也放一个地方，放到妈妈看不见地方。放到小河里行吗？小河里有好多好多的线蛇。

这个决定她不想告诉妈妈，因为她是大孩子了，十三岁能想能做好多大人的事了。

那是个天气很热很热的中午，陈杏儿将金鱼捞出来装在一个瓶子里，捧着来到小河边，河水里她能看见有好多线蛇在游，她将瓶子里的金鱼和水倒在河中，那条金鱼顺着流动的水奔下游游去，金鱼怎么不像其他的鱼顶水游呢？陈杏儿开始还跟着那条金鱼跑，后来金鱼没影了，进到了一丛小树林里面。

它会活得很好吗？陈杏儿相信，会的，河里都是些小鱼，不会欺负它，河里有好多线蛇，它会吃得很饱，河水这么清喝起来也很干净，还有就是它自由了。

打那以后，陈杏儿一有空就来河边找那条金鱼，可总没有找到，但她相信它肯定活着，只是她没看见。没看见不行啊，陈杏儿沿着小河向下游找去，下游是村庄，出了村庄就是山岭，远远的山岭，金鱼会游那么远吗？陈杏儿往更远的地方望着。它会顶水游吗？小河的上游是矿山，过了矿山还是山岭。

那天，锣鼓响了起来，矿里的选矿厂开工了，学校在放暑假，那也组织学生们都去参加开工仪式了，拿着花束喊着口号，唱着歌。

几天过后，陈杏儿愣住了，清清的小河中有一条白白的水，这种水不同河水融合，沿着河的一侧静静地流着。流就流吧，小河不那么清了，可是那是大人们的事，是没办法的事，陈杏儿还是没有找到她的金鱼。

再去河边的时候，陈杏儿傻眼了，在河的拐弯处，也就是金鱼下水的地方，漂着一些小鱼，就是那种白白的以前很快乐的那种小鱼，小鱼都死了，眼睛还睁着，那也是死了。

死鱼中没有她的那条金鱼。

她跑回家同妈妈说，妈妈说是选矿水下来了，选矿的水中有毒。

"那不行啊，小河里的鱼就都完了。"

"选矿的水没处放啊？平时那鱼也没人吃。"

"鱼活着不是为了给人吃的。"

"一会儿妈妈上夜班，晚上把门锁好，我带钥匙了。"

陈杏儿出门了，她沿着小河向矿山的方向走去，走到了矿山脚下，她就看见了一根管子搭在河沿上，冒着白白的水，顺着管子往上看，山上的房子里机器轰鸣。陈杏儿四下看了看，那根出白水的管子不搭在河里也行啊，旁边就是野地，没有庄稼的野地，那还是个大沟，沟里能装很多水。至于大人们为啥要把管子放在河沿上这她不懂，也不想懂。沟会满吗？满了怎么办？陈杏儿同样没想，反正那有毒的水不一定非得流到河里。她要搬开这个管子，搬不动，那是个很大很沉的管子，不是铁的，好像比铁的还沉。

她回家了，她拿来了铁锹。小河不宽，小河也不深，小河就是小河。

陈杏儿先往河里扔石头，再把靠着那条沟的河沿挖个口子，河水慢慢地开始往河的外面流了，带着白白的水。陈杏儿再往河里扔

222

石头，扔她能搬动的最大的石头，矿山里到处都是石头。河里的石头成了一个坝，阻住了水。河这边的水小了，只有从石头缝中还有水流，挖开到沟里的那个口子被水冲大了，白白的水都涌到了河的外面。

陈杏儿对自己的工作很满意，很有成就感，只是下游的河水没有以前流得那么高兴了，在慢慢地流，好像有些困了。

那天晚上，妈妈要回来得很晚，她却睡得很安稳、很香甜，梦里之外的事她不知道的太多了。

陈杏儿不知道那条大沟里还有别的口子，河水和白白的水流进大沟后，又流到别的地方去了，流进了大沟边上的小沟，小沟满了又流进了另外的小沟，一直往其他的地方流着。村里的庄稼地旁都有小沟，是防涝用的，那种防涝的小沟围绕着很多庄稼。静静的夜晚，庄稼地旁的小沟里流着白白的水，小沟里满了，水流进了庄稼地，流进好多庄稼地。正逢七月，那庄稼长得很有气势，都黑绿黑绿的，丰收在望，而且是个好年景。

就是一个夜晚，陈杏儿甜甜地睡着，妈妈下班回来她也没醒。

第二天的上午，整个村庄的人们都涌向了庄稼地，白白的水还在往地里灌着。人们大呼小叫地把河道通开了，把口子都堵住了，人们傻傻地看着地里的一层白水。

这时的陈杏儿吃完早饭又躺在床上，反正是暑假，她还想睡一会儿，昨天挖沟累坏了，睡的脸上带着笑容。

这种颜色的水会不会弄坏庄稼呀？人们的担心几天后就有了结果，那么好的庄稼都蔫了，死了，眼前曾经丰收的景象现在将颗粒无收……

农民们怒了，喊着去矿里讨说法。

那天下午的陈杏儿在做作业，她想早点儿做完再到河边去，她有预感，她今天能见到那条金鱼，昨晚梦见了。好像外面有人在吵吵，大人们的事，跟她是没关系的。

矿里的人也跟着村民到田里去了，田里的庄稼很惨，矿里的人无话可说，只是白白的水怎么会流到田里呢？选矿的水是放到河里的，山里的农民没有用水浇地的习惯，河水是流不到地里去的。

人流也像河流，一下子"流"到了放选矿水的地方，开了口子，是人挖的，有个阻水的坝也是人弄的，选矿的水才流出了河床。

谁干的？这成了解决问题的关键，找出这个人才能谈赔偿的事，矿里是不想赔的，那得好多的钱，多得没法衡量，农民说多少就该是多少。

还有就是什么性质的问题，是不是在挑拨矿山和当地农民的关系？因为招工和用地的事，矛盾本来就有。找到那个坏分子是重中之重的大事。矿里马上成立了破案小组，还同县里的公安局通了电话，县里说要派人来。

有口子有水坝的地方人越聚越多，整个这地方的人差不多都来了，河沿上站满了人。案件的性质定了，是破坏生产、破坏企业和地方关系的反革命事件。

谁干的呢？人们在保护现场，在分析。

"是我呀！"陈杏儿在床上被外面喊叫的人群吵醒了，她也跟着人群来看热闹，听着人们在分析怎么能抓到弄口子的坏人，她就拨开人群大声地喊着。

全场都静了，怎么会是她？全场的人都觉得不信或是没意思，怎么能是她？应该是个表现不好或对社会有仇的、平时隐蔽得很深的大人。

"你为啥要挖个口子淹庄稼地？"

"我没想淹庄稼地，我只是不想让这样的水流到河里，河里的小鱼都死了，岸边的草都黄了。"

"鱼死了怎么了？草黄了又怎么了？这能同生产比吗？"大人们又细问了好多，又调查了好多，用的铁锹也找到了，陈杏儿说的都是事实。

农民们心里乐了，赔的一定要现金，不给不行，反正地也不用伺候了，整天就到矿里闹去，闲着也是闲着。

矿里的人发愁了，能让陈杏儿赔吗？她妈也没法赔呀？但这孩子惹的祸可不小，不能就这么拉倒，要教育，正式地、不留情地教育。

后来的事情陈杏儿就不知道了，不知道的是小河全变成了白白的河，河水里和沿岸都没有了生物；矿里损失了一大笔钱，为这矿里的领导总发脾气。

妈妈病了，病得很重……

我们离开少管所之后，我总是忘不了那个小陈杏儿，她有一双晶亮的、偷偷揣摩大人的眼睛，看人时总是谨慎的，看你高不高兴，这种眼神是以前就有，还是这几个月变的？那么她的童年就这样结束了？

我特意问过我的战友，她这种情况在这儿都干什么？吃的？作息时间？管理人员怎么对待她们？什么时候让她离开这儿？

"这好像是我们的工作吧？跟你有关？别操这心行不？"

"这有啥？又不保密？"

"防火、防盗、防记者，上任那天就提醒自己。哪儿吃去？前几天我碰见咱老排长了。"

后来我的战友说，这是少管所的临时工作，不承担刑事责任的孩子教育一些日子就让她们回家了。在这儿主要是学习，当然不能跟在家似的有人哄着，想几点起床就几点起床。

"陈杏儿呢？"

"回去了。"

"啊。"

一年以后，我外出路过那个小矿山，就让司机拐了进去，那个孩子怎么样了？我不想惊动当地的宣传部门，就在类似小街的地方转着，来到那条小河边。

没有小河，只剩河床。问一个扛锄头的老汉，老汉说："河呀？干了，矿里往这里放选矿水，山外的人来告，就不放了，也不知为啥，以前的水也没了。"

"知道去年有水污染庄稼的事吗？"

"那咋不知道？那个丫头可祸害死人了。"

"那个小孩儿的家在哪儿住？"

"听说搬走了，搬哪儿去了可不知道，她家是矿上的人。"

"再后来呢？这些年有她的消息吗？"记得女儿盯着她的金鱼很好奇地问我。

算不算是小陈杏儿的消息呢？

前不久，到那个小矿山的邻县去采访，宣传部的小唐同我说："晚上请你吃点儿绝的行吗？"

"不是人肉吧?"

"不是，没听说哪儿卖。"

夕阳下的酒店门脸前，一袭白裙，亭亭玉立。

"就那儿，咋样?"

招牌是"黄泥烤鸽子"。门前放着一个铁笼子，里面十几只灰色的鸽子倒也安静。

"这儿的烤鸽子一绝，骨头都是酥的，下酒哇。"小唐肯定是常来，老板娘迎客笑得一点儿都不陌生。还是老规矩，我也就随了他们的老规矩了，坐下，泡茶，点烟，看看碗筷，倒还干净。

"两只鸽子。"老板娘喊了一嗓，鸽子笼旁的"那袭白裙"动了，纤纤的手伸进鸽子笼，抓出一只鸽子，鸽子蹿动着，她一手掐着翅膀，另一只手攥着鸽子的脑袋，也就是轻轻一转，好像并没怎么用力，鸽子的脑袋就在地上翻动，没头的鸽子被放在盆里，鸽子还在抖动。

多么温柔的血腥。那熟练的杀戮把我惊呆了，我开始盯着女孩儿的面容，这是张好像很熟悉的脸，与我的某段记忆发生了逻辑关系，是留有痕迹的一种成长。一惊，我想起了小陈杏儿。我站了起来，女孩儿的眼神也随着我的动作扫了过来，让我停止的是一种很陌生的扫过。

但脑中寻找着多年后的小陈杏儿会是什么样？我走到后厨问老板娘："门口那个服务员是叫陈杏儿吗?"

"刚来的，好像不姓陈，现在出来打工的没几个说真名的。"

黄泥烤鸽子我没吃，没有一点儿胃口，我再盯着那个女孩儿，她瞅我的眼神还是陌生的。我出门时没有回头，是小陈杏儿又怎么

227

样？曾经的小陈杏儿知道自己错了，但不知道怎么能不错；眼前的若真是那个陈杏儿我也不想问什么，眼神里全是陌生，不仅仅是对我。

我不再去想了，脑中全是那个流血的鸽子头在地上跳。

三宝退学

三宝是我朋友，说出来妈妈不信。因为三宝是个淘孩子，我呢？上学期全学年考了第一名。

　　三宝没有爸爸，还没有书包，发的书和本就放在课桌里，咋做家庭作业？他根本就不做，没时间。有时间要上山的，上山干啥？有的我知道，有的不知道，反正他总上山。八岁那年，她妈在厨房炒菜，屋中坐着个男的，妈说，去，给你叔打酒去。他拎着瓶子出去了，喝酒时，那叔大骂起来，大人喝得出，那瓶里是小孩儿的尿。这事传了出来，三宝就成了淘孩子，就成了我们班男生的头儿。

　　我是他的朋友是因为他护着我，我不但长得小，还胆小，女同学都找我摔跤。三宝说："你当我的兵，我像大官一样。"我说："行。"我想起狐假虎威的成语。

　　我们的小学在个河边，河叫汤旺河，在我们伊春，除了黑龙江就属它大了。河到我们学校门前拐个弯，水大时冲啊，冲啊，冲出个大沟，水在沟底流，沟沿离水面有十米高。妈妈说，不准到沟沿去，哪管得住，一下课，我们趴在沟沿上看沟底的水，那水一到春天，像黄河一样，我们就唱：黄河在咆哮，黄河在咆哮！……

　　河的对面是个苗圃，就是培养小树然后移栽到山上的厂子，同我们学校很近，也就几十米，那里的工人端着饭盒，午饭吃的啥我们都能看清，可到那个厂子去要绕走三十多里呢，河上没桥。

秋天到了，河的两岸美丽得惊人，黄的、红的、紫的、绿的叶子都在哗啦啦地响，一望无际，人称五花山，伊春有好多公司做旅游的买卖，挣外地看山人的钱。

那天，我们又趴在沟沿上看变清了的水，贴胸脯的地上已经有些凉了。三宝指着对岸："你们看！哎呀，对岸不知啥时堆起了小山一样的松子。"那松子的清香我们马上就闻到了。

松子很香，现在的山里人正是炒松子吃的时候。这几年，家里是不准孩子上山打松子的，近处都被大人采光了，往远处走就有危险，再说，长松塔的松树都很高，松塔又都在树尖上，每年都有人从树上掉下来摔死的。

每年吃松子，都是爸爸弄回一些，三宝没有爸爸，他想吃咋办？

打那天起，我们一下课就去望着对面苗圃里的松子堆，望得久了，嘴里就有一种松子的香味。那天，三宝说："咱们偷点儿去。"我一下子呆了，咋能偷东西？偷东西的孩子还是好孩子吗？三宝看着我的眼神也不好意思了，背过脸说："说着玩的。其实，他们把那么多的松子放在露天，风吹日晒，也不在乎咱们拿点儿，不算偷的。"

"你看，他们走过松子堆时，将松子踩进泥里，一片一片的，东西多了就不在乎多点儿少点儿，咱们拿点儿是吃的，比浪费了强。"

我也看见了，是那么回事。

我真的想吃松子，同爸爸说，爸爸不理我，说等着，过些天再说。花钱买小摊上的很贵，我们身上都没钱。

有天，我同三宝说："去苗圃很远的，要走三十多里呢。"其实我不太知道，这三十多里究竟有多远。

三宝眼睛一亮："不怕的，我走过，若有方便的过路车还能搭上。"

定的是周六的凌晨出发，我同妈妈说，班里组织秋游，走得早呢。

"带吃的吗？"

"要带的。"

我是个诚实的孩子，我说啥妈妈都信。妈妈就去超市给我买吃的去，我说多买些，少了怪不好看的，妈妈笑了。

三宝在路口等我，看我拿的是书包，他嘴一咧："那能装多少，你看我的。"他拿着个小麻袋。

他真的去过，路很熟，走的是大路不是山路，放眼望去，除了森林就是远天，不知道要走多久。三十多里，好远呢，万一弄不来咋办？即便弄不来，也不能让人抓住，被抓住，告诉家人，要命的，挨打不说，妈妈会很伤心的。

"真能弄到吗？"我说的是"弄"不是偷，我从心里到手上都不敢碰"偷"这个字。

"你瞧好吧，跟我走就没有办不成的事。"

"要是弄到了，我怎么跟家里说？我妈会问哪儿来的。"

"往家拿干什么？扛到学校去，周一上学分给咱们的好哥们儿，放学后坐在河边，用石头砸着吃，生的也好吃呢。"

"我还是喜欢我妈炒的，有时拿到嘣爆米花的地方，用那锅嘣一下，个个都开口，用手一弄就开。"

"完了再说。"

秋天的凌晨是很爽的，不冷不热，走起来我一跳一跳的，这也是我第一次独自出远门，心中有了一种探险的情绪，新奇而愉快。沿途有青蛙从山上跳着过道，道的这边是小河，这个我懂，青蛙准备过冬了，它们过冬要到河里去。

"你吃过林蛙吗？"三宝问我。

"没有，老师说，青蛙是益虫，保护森林的。"

"好吃着呢，特别是天冷时从河里弄到的。红肚皮的，那叫林蛙，在水里它们不吃虫子了，肚子里很干净，就活着下锅。林蛙炖土豆，水一热蛙们就将土豆抱住，熟时一个林蛙抱着一个土豆，吃时连土豆同林蛙一起吃，好香啊。"

"你那么吃过？"

"那当然。"他一副经多见广的神情。

"你是牲口，太残忍了，我不跟你好了，不去了，我回家。"

三宝一见我真的急了，就说："我没那么吃过，我是跟你吹牛呢，林蛙是吃过，那是饭店里做的，我刚才说活着下锅是听大人们说的，我也没见过。"

"那你捉过青蛙吗？"

"捉过，可没弄到，那林蛙不是一般人能捉到的，得半夜上山，辛苦着呢。"

"你知道咋捉？"

"嗯。来我领你看，这山上就有。"我跟着他上了路边的小山。走了几步就见山根下有长长的一条白带，三四十厘米高，用棍支着，是普通的透明塑料布做的。

"这怎么捉？"

"这时节一般的林蛙都是后半夜下山，人来到这儿，将手电筒打亮放在白布下面，林蛙一见亮就过来，可有布隔着，它们跳不过去，可河在路这面，还得过，就在布上一跳一跳的，像你走路。人过去沿着这条白布就抓。"

我二话没说，拽起那条白布，一溜烟地跑下山，团吧团吧扔到河里。

三宝："快走，让人看见要挨揍的。"

我加快了脚步。

"把那布拆了干啥？又不关你的事。"

"青蛙也要回家，河就是它们的家。"

他叫林蛙，我叫青蛙，他显得比我更林区一些。

三十多里要走多久，我不知道，反正有些累了，我问："还有多远？"三宝说，"走吧。"他指了指太阳，"它走到那儿咱们就到了。"

"我不去了，太远。"

"那哪行，回去更累，你不想吃松子了？"

"那咱歇一会儿吧？"

"不行，听大人说，走长道可以慢走，不能歇，越歇越想歇，越想歇就越累。"

他懂得还挺多，小江湖似的。

饿了。

我们坐在小河边，我拿出妈妈买的食品，递给他时，他还有些不好意思，他家没有男的挣钱，他妈是扫街的，没见过他上学带过小食品。背靠大山，两个孩子，我突然问："你爸呢？"

"离婚了，去了南方。"

"不管你了？"

"有我妈，不用他管。"

"吃吧，我这儿还有。"

"嗯，等我长大了会还你。"

"还啥，咱们是朋友。"

"我学习不好，你真把我当朋友？"

"你还帮我打架呢。"

"拉钩。"

瞅太阳已经西斜，我们终于到了苗圃，望着眼前的学校，我知道，我们走了一个圆，累得不行，心中的滋味也很不好，这河上咋不架个桥呢，两分钟的距离，却要绕三十多里，三宝说，就几十个工人上班不值得架桥。他说的对吗？反正有原因。

那松子堆真的很高，小山似的。我们开始行动了，我学着三宝的动作，先趴在草丛里，扒拉开草棵，观察着松子堆边有没有人。有人的，我们不敢动，继续趴着，心怦怦地跳。人转身了，冲屋中走去，三宝跳了起来，那人又转身了，我赶紧滚进草丛，可三宝已经来不及了，呆到了那里。那人看了看他，笑了，像老熟人似的，打着招呼："来了。"三宝没吱声。

"城里的？"

三宝点点头。

"想拿点儿松子？"

我藏着已没了意思，就也站起来倚到三宝的身边。那人端详我们一会儿，说："叫我叔。"

三宝小声地叫："叔。"

"拿啥家伙了？"

三宝将那个小麻袋从身后拿了出来，扔到地上。

"你呢？"

我将空书包也递了过去。让人给抓住了，至少要把偷东西的工具没收，我想好了，不打我就行，要打我，我就大声哭，我们还没拿呢，没拿就等于没偷。

"嗯，撑着。"他遂拿起身边的板锹。没听错吧？我们愣了。

"愣着干啥？给你们俩装满，下次别来了。"

真有这么好的人？三宝一蹦高，撑起了麻袋，那人挥起板锹，三下子就装满了。

"你的。"我赶紧撑开小书包，满满的，锁扣都弄不上了。我们这个乐呀，哈下小腰，一个劲地叫叔叔，临走时，我们还非常正规地敬了个少先队队礼。

"不用谢，你们要偷着骂我，我可知道。"

"哪能呢。"

那人笑着回屋了。

三宝太贪，拿了个那么大的口袋，背着没走上三里地，他就喘上了。我说："倒出点儿吧，累死你。"

"不行，人家好容易给的，少了回到班里不够分呢。"累也高兴，路上我们议论着，那位叔叔，瞅着好像是一只眼，可一点儿都不难看，笑起来，长辈似的，好人哪。

"咱们山里人就是厚道，我说对了吧？那么多松子，不在乎小孩拿点儿。"

"可能他家也有像咱们这么大的孩子，看到咱们就想起他的孩子了，或许他的孩子也在咱们学校上学，忘了问问是几年级、哪个班的了。"回去的路上我的话变得多了起来，人家给的，不是我偷的，没有了负罪感。

路远没轻载，况且我们肩上不是"轻载"，拖下了山，天就快黑了，我害怕起来，一怕路黑有狼，二怕家里人见我没回家，不知咋急呢。

我说："松子咱不要了，快往家跑吧，我妈在天黑前见不着我，

237

会疯的。"

"扔了就能马上到家吗？反正都这样了，一点一点走吧。我可不扔，这是人家给的，一份心呢。"

"那咱等在路边拦车，有给松子的好心人，就有让咱搭车的好心人。"

"试试吧，那脚也别停。"

没有车过，有也是拉木头的大车，根本就不理我们。

我哭了，"三宝，这块儿会有狼吗？"

"总过车，山上还有打石头放炮的，没狼。"

"我走不动了，就死这儿吧？"

"你要不走真要死这儿的，我背这么多也没像你那熊样。"他倒是比我大两岁。

山里，公路上，两个孩子弓着腰，伴着他们的只有星光，走哇，走哇，越走越慢。我真的想把那装松子的书包给扔了，可三宝不同意，他真是个舍命不舍财的主儿。

"你饿吗？"

我哇的一声大哭起来："我都饿得想像松鼠一样吃树叶了。"

"吃点儿松子。"

"天这么黑，连块石头都找不着，即便找到了也没力气砸，牙是咬不动了。"

"撂下喝口水。"

"哪儿来的水？"

"河里的。"

"那水不能喝。"

"都啥时候了。"

水很凉，喝到肚子里走哪根肠子都知道。我实在走不动了，闭上眼睛在路中间摇晃，心想，来个车吧，撞死我得了。

灯光。我睁开眼睛："到家了？"

"是带岭，一个林厂，带岭离城里十二里。"

我几乎晕过去了，别说十二里，就是二里我也走不动了。

"那咱到这儿歇歇，找点儿吃的，我妈有个工友在这儿住，到她家去。"

"大半夜的人家早都睡了。"

"管不了那么多了，我妈带我来过，能找到。"

那是个平房，有院，院里的狗见院外的我们，疯狂地叫着，三宝拿个木棍，敲打着院墙："叫，大声地叫。"他唤人开门倒挺有招儿。屋里的灯亮了，一会儿又灭了，三宝将一块石头扔进院里，狗叫得更厉害了。这次灯亮了没关，门响，"谁呀？"我两腿一软，一屁股坐到地上再也起不来了。

人家瞅这两个孩子笑了："马上做饭。"我躺在炕上软软的要睡，那个阿姨说："不能睡，衣服都是湿的要得病的。"

我说："你家有电话吗？"

电话里我喊了一声妈，我妈在那边"哇"的一声哭了："你个小要账鬼，在哪儿呢？"那个姨接过电话，说了她是谁，在哪儿，两个孩子没事，今晚就住这儿，明天给送回去。我妈说不行，现在就打车过去。

"要是这样，你也不用来了，我家那口子是开车的，一会儿吃完饭，让他开车给送回去，放心吧。"我妈还是哭个不停。

瞅着盛在碗里的饭，我瞪着眼睛运气，脸上一下子出了好多冷汗，一口也吃不进去。

"这孩子饿过劲了，先喝点儿米汤。"

半盆米汤都让我喝了，身上有些个力气，这才觉出饿来，三碗下去了，还要。那个姨说："别吃了，胃受不了。"

"可我还想吃。"

"不行。"

车灯一晃，我见爸爸妈妈在城边的路口等着，夜风中，妈妈的长发在飘，脸白白的。

我跟三宝说："松子你拿着，咱们就说，上山玩迷路了，松子的事不能让我妈知道。"我先下了车，回到家一头扎到床上，衣服也没脱，挨打时一点儿感觉都没有，睡到第二天的下午，醒来才觉得屁股有点儿疼。

第二天放学的时候，班里十几个男孩子聚集在河边的几块平板石上，由三宝带头举行了一个仪式，他像将军似的，看着自己的属下，在打开麻袋时，充满着庄严与自豪感。开始是每人分点儿，后来我说，分啥，就这么吃吧。每人手里攥块石头的孩子们，一窝蜂地扑向松子堆，三宝没动，只是看着，他在等着人们吃到香的时候，他收获着麻袋肯定装不下的恭维话和羡慕。我三宝是个能人，以后要干大事的。

石头砸在石板上，"啪啦，啪啦"地响，响了一会儿，大家都停住了，大家面前的破了壳的松子，只有壳，里面没有松仁……

"不会的，怎么会？你们再砸。"

孩子们的面前都有一片砸碎的松子，一个松仁都没有。

孩子们散去了，有的还说了什么，我没记住，我只盯着三宝。他把麻袋里的松子都倒了出来，呆呆的。河那岸出现了那个给我们松子的人，一只好眼睛发亮，看着我们俩，笑得非常舒畅，好像刚发过奖金，表情中觉得我们两个好玩，真的很好玩。他拿起那把板锹又撮起一锹松子向空中扬去，那松子在风中斜斜地飘着……

我看看太阳，就说："三宝，咱们回家吧。"

他不吱声，拿起一块大大的石头往松子堆上用力地砸着，砸着，不理我。我得走了，妈妈给我约法三章我是签了字的。出了校门，我回头，见三宝还在砸，我不忍心，躲在门旁看着。一堆松子变成一片松子壳，他趴在地上找着，我也盼他能找到个里面有松仁的，哪怕是一个也好。

他又呆了，望着河的那面，苗圃里的工人都下班了，一个人都没有，他还在望，屁股下面一片没有松仁的松子壳。

我也纳闷，一麻袋外加一书包的松子怎么没有一个带仁的呢？看着那些松子，光滑而坚硬，完全是成熟的样子，这季节也不会不成熟。

爸爸下班拿回了一包松子，还是炒熟的，个个饱满，大大的松仁，拿把小钳子，吃起来好香啊。

"爸，您去过我们学校对面那个苗圃吗？"

"我当青工时就在那儿上班。"

"那苗圃院里堆着小山一样的松子。"

"外面？"

"嗯。"

"啊，那些不能吃，都是瘪壳。"

"你咋知道？"

爸爸端详着我："林区的孩子该知道一些林区的事，你知道在苗圃中怎么选种吗？"

"不知道。"

"听着，能育出小松树苗的必须是最优质的种子。人们在山上把成熟的松塔打下来，要晾晒，干了后将里面的松子敲出来撒到水中，水下有个传送带，饱满、实诚的好松子分量重就沉到了水底，落在了传送带上，传送带将这些种子运到室内，然后进行浸泡发芽，不成熟或瘪壳的松子都漂在水面，工人们用铁锹将它们扬到场院里，晾干后能烧火取暖，你们在学校看到的就是那种瘪壳的被淘汰的松子堆，遇到丰收年，苗圃里都堆不下呢。"

那晚我有心事，妈妈让我洗脚，我就是不洗，躺在床上很晚很晚睡不着。

第二天，三宝没上学，他的课本和作业本在课桌里摆得整整齐齐。三天后我问老师："三宝呢?"

"他退学了。"

"又去哪个学校?"

"不是转学是退学。"

"为啥?"

"他没说，就说不念了。"

我来到河边，那些瘪松子还在，全都是碎碎的，不知三宝在这儿砸了多久? 我用脚踢着，将那碎松子都踢到河面上，它们都漂着，晃晃悠悠，向远方漂去，对面那小山似的瘪松子堆还在。

晚上家里来了客人，爸爸把我叫过去："叫叔，十几年前我们俩一起到苗圃上的班。"

那叔说："人真没法比，你现在都当干部了，我还干老本行，这孩子瞅着就有出息。"

我盯着客人的一只眼："我见过你。"他仔细看看我，笑了:

242

"想起来了，叔叔跟你们开个玩笑，你们没生气吧？"

"你说什么？"

"叔叔跟你们闹着玩呢。"转身同爸爸说当年的事去了。爸爸冲我说："去，打酒去，拿那个小桶。"又冲那个一只眼说："我们单位自己出的小烧酒，有把子力气，好喝。"

我出得院来，打开酒桶盖，掏出小鸡鸡，冲着酒桶口。这是我第一次做坏事，我想我不会后悔。以后还做不做坏事，不知道。

大树

"我说不来，不来。"

"为啥？"

"院门口的地都冻裂了，这天真有把子力气。"

"只有这天儿才神回庙，鬼归坟，谁家的狗都闻不到林管站老刘的烟味。"

"这下咋办吧？"

"千万别动，咱在南口，来点儿北风就好了。"

"'狗龇牙'的天，没风，我不信就跑不开？也就二十来步就蹿出去。"

"别动，屯头老孙家的老三就是这么死的，那脑袋被砸得像面饼。树坐桩邪着呢，人往哪儿跑，树往哪儿倒。"

"你手松松，我都上不来气了，以前遇到过吗？"

"过这年我上山整木头就四十年了，啥没遇到过？昨晚一撂炕，身上的骨头嘎嘎地响，没老褚家的事就不想再上山了。"

"以前咋办的？"

"等。"

"没别的招儿？"

"有，树小的用斧头磕一磕，说几句敬山的话。"

"树大呢？"

"等，有个招儿不能轻易使。"

"啥招儿？"

"别问，没到时辰。"

"咱用斧头磕一磕，万一……"

"不行，冬天的树锯口滑，往后一坐，正对着肚子。"

"我说不来，不来。"

"闭嘴。我愿意来吗？收订钱的时候，我腿都软了，我怕这棵树。"

"我渴。"

"轻轻扭头，我肩头有雪，用嘴舔。"

"这树真直呀，上下一般粗，怎么长的呢？"

"方圆百里我走个遍，就这棵树叫不上来名，也没见过第二棵。这树神着呢，其他的树都离它远远的，夏天树下都不长草，树上没虫子。城里的有钱人没少打它的主意，可这么多年就是没人敢碰它，在林子里它像个大官。像你这么大的时候，我只放山不砍树，就是找'棒槌'，眼见得这棵树下有个七品叶，就用红线拴上了，打算明晨一放亮就把它请回去，可来后怎么就找不着了，那地方盘着一条小蛇……不是这门亲，我死也不会接那订钱。"

"狗日的，老褚家。"

"还说这干啥，这辈子就是欠你的，老褚家的那个丫头你真看好了？"

"还中。"

"那就行，礼钱一够，你就把她领家来，先给她种上，死在炕上也是咱家的媳妇。"

"那老褚家面都不让我见。"

"还不是差钱吗?"

"耿柱子过礼才拿十一万。"

"那小子虎实, 苞米也就一尺多高, 借着帮工就给拿下, 等到女方家发现已经显怀了。我见着那家老爷子哇哇地哭, 至少赔两万。"

"好像有风, 树梢动了一动。"

"我眼睛不行了, 你快盯住, 要逆风跑, 树倒时别回头。"

"又不动了。我说上下扎锯得大些, 那样还不至于坐住。"

"嘻! 这棵树太神气, 我寻思给它弄得漂亮些, 少留点儿碴儿, 就像人死了要个全尸, 哪承想……"

"眼睛疼, 闭一会儿行吗?"

"不行, 盯住树梢, 坐桩的树倒时总是悄没声。"

"两面都锯透了, 这树为啥不倒呢?"

"又粗又直在没风天爱坐桩, 为啥? 不知道。可人往哪个方向跑, 树就往哪个方向倒是真的, 我看见多少回了。"

"腿麻了, 蹲下行吗? 你别抓我脖子, 都不过血了。"

"不行。"

"啥时到你说的那个时辰? 晚了不被砸死也被冻死。"

"没准, 再等等, 那招儿万一不灵, 咱们就惨了, 这几年这片山馋着呢, 树要自己能倒咱就心安。"

"昨天你去镇里, 林管站的老刘又来了, 他说, 只要盯住你, 别人就不敢上山, 临走时又抓走了两只鸡。镇里谁要这根木头哇, 出这么大的价钱?"

"面生, 看那架势有些个来头, 还说同管林子的人都说好了, 我只管把它放倒, 下山就给钱。"

"万一被抓住呢？他们能替咱说话？"

"说没事嘛，都打点好了，还说这树是庙上用的，擎天柱一般，立在二龙山上的那个万佛寺，上面要雕上一百个罗汉，佛家用，善事啊，积功德。"

"既然有人同意，那他们自己咋不弄呢？雇个'爬山虎'带油锯，那东西伐树不坐桩。"

"人家也说了，同意就是睁一只眼闭一只眼，全县封山条子是没人敢批的。还说佛家用最好别沾油腥味，腊月天山神都睡着呢。"

"你信？"

"啥佛不佛的，钱是个好东西，凑够了彩礼，就能过个舒坦的年，到正月我还想扭把秧歌呢。"

"还是偷。咱们把它放倒了，过几天没人问，再悄悄把它弄下山，有人问，树已经被砍了，像人死不能复生，以后的事就靠打点了。"

"可能是这个理儿。谈订钱时，人家让我说个数，真难哪，说多了怕人家不干，说少了怕自己吃亏。"

"活儿干了，剩下的钱不给咋办？"

"找他们对命。"

"他们跑了呢？"

"有这棵树拴着，跑不了。"

"吵吵起来，蹲大狱的是咱们。"

"我去，山里人最不怕的就是蹲大狱，在哪儿不是为口饭吃。"

"现在咋办？我的眼珠快冒出来了。没风天冷起来咬骨头。"

"好吧，你千万别动。"

"你摘帽子干啥?"

"别管。我悠三下,甩出去的时候,你喊一声'顺山倒'拉个长声。"

"顺山倒!"

"……树没上当?该死,我说这树邪性嘛。"

"树坐桩了,就扔帽子?"

"嗯,老辈子传下来的法儿,有时好使,大树以为是人呢。"

"那把我的帽子也扔一次。"

"你那是线的,不行,再等等,这树就不能有点儿善心?实在不行就用皮袄。"

"您把脑袋放进我的怀里,这天,连只鸟都没有。"

"嗯,暖和。"

"我看见了咱屯的炊烟,咱家也该做晚饭了,饭熟的时候炕真热。"

"别走心,盯住树梢。"

"盯着呢,要是咱俩平安回去,你最想吃啥?"

"坐炕头上先好好地抽袋烟,还有酒吗?"

"有钱了,咱买去。"

"把冻上的年猪肉刨出一块,煮上,薄薄地切他一大碗,拌上蒜泥,我的天。你呢?"

"我进城,找个网吧,狠狠地玩上一宿。"

"山那边就是城里,听说城里娶媳妇不用那么多钱,而且两家都花。"

"要是生在城里,天就不会这么冷了。看见咱屯的房子也行,有个想头,现在就好熬些。"

"饿吗?"

"嗯。"

"吃口雪。"

"手不好使，伸不开。"

"别抱着我，让我把皮袄脱下来。"

"扔我的吧，我年轻，扛冻。"

"你的不一定好使，我的这件有年头了，有分量，山里的生灵也都认识，起开点儿，还要喊，顺山倒!"

"嗯。"

"命啊!"

"别用那眼神看我，我说咱就跑，该江里死河里死不了。"

"晚了，腿不好使，跑不出二十步。"

"搂紧我的腰，我这皮袄够大，你胡子都白了，记得我小时候就愿意闻你身上的烟味。"

"你都这么大了，我要是到寿也没啥，耿柱子他爸死时比我还小呢。"

"别寻思死，还有一屁股债呢。"

"让我为个媳妇扛一辈子活？从打你一下生就攒哪攒，攒到五千涨到五万了，现在，我都想把我给卖了，可谁买呀？起开点儿，你听好了，我往山下滚，你要抱住头，闭上眼，啥也别寻思。你把手松开，松开呀，赶一辈子山，该是这个命，起开，你给我起开，你给我……哭啥?"

"乌鸦，树上落只乌鸦。"

"真的?"

"嗯，好大的一只乌鸦，还瞅我呢。"

"把你的嘴贴到我的耳边来，你听着，它落在哪个枝上？看它的爪子抓没抓实?"

"最高的枝，翅膀还在动。"

"等等，别惊了它，等它把翅膀裹紧你吹我一口气。"

"落实了，把头缩进去了，你哭啥?"

"老天，咱这辈子没干啥坏事是对了，命不该绝，你深吸一口气，憋住，瞅准了，大喊一声。"

"喊啥?"

"啥解气喊啥。"

"我×你妈呀，老褚家!"

"抱头。"

"乌鸦没飞。"

"再喊。"

"没劲了。"

"喊。"

"爹!!!"

一种带血的声响，乌鸦一惊，恐怖，奋力蹬枝，"哇"的一声……天在慢慢地晃动，传来一点细微的划空的口哨声，接着是"嗡"的风的劲力，"哗"的雪声，"隆隆"如冬雷一般，"咔嚓"地动山摇……

搂腰的双臂凉凉的，雪，落在人称"山耗子"的脸上再也不化了。

界江

林场里所有的家都要搬往内地，我们要同他们打仗了，他们是江那边的人。

妈妈说，车上不让带狗，把"四眼儿"留给你爸做个伴儿，他一个人在山上。

"那我爸也能给'四眼儿'做伴吗?"

"一回事。"

"不是一回事，他是大人。"我总觉得"四眼儿"心里想啥大人是不懂的，但我知道。我舍不得"四眼儿"，可爸爸真的是一个人在山上，他是林场的防火员。我还舍不得的是一只小船，新的没下过水的小船，是爸爸特意给我做的，然后我就盼五月，五月开江，我太想划着它沿着水走。江边戒严了，就是开江所有的船也不准下水了。

我喜欢划船，别人家的船刷黑漆，我的小船是天蓝色的。

"四眼儿"不知道将要发生什么，不知道我要去哪儿?它肯定觉得我要走，走就走吧，明天或后天就回来了，它不但没有悲伤，还很兴奋，在我坐的车前车后乱蹿着，还蹲下歪着头看着我，好像说，你回来时我到哪儿去接你?

我不敢下车，不敢去抱它，我又会哭的，我要是哭，我爸心里就难受，昨晚他就说，让"四眼儿"跟你们走吧。

我十二岁了，我是个大孩子了，我懂事了，我知道，我和妈妈走后，爸爸就要住到山顶上的瞭望塔里，那就是他的半个家。五月是防火季。

　　不搬家不行吗？

　　不行，是国家让搬的。

　　"咱们的家谁来住？"

　　"也许有人住，也许就这么空着。"妈妈说这话时呆呆地望着我们的红砖房子。

　　"那咱们还回来吗？"

　　"可能不回来了。"

　　"要是不打仗，或是打完了呢？"

　　"那也不回来了，镇上好，你们的学校是楼房，操场都是水泥的。"

　　"可是我想回来。"

　　"为啥？"

　　"咱家的那条小船还没下过水呢。"

　　我家挨着江住，是真的挨着，那条江就在窗下，那涨水咋办？不涨水，打我记事就没涨过水，听爸爸说，以前也没涨过。

　　那是一条非常温顺的江，下多大雨都不涨水，也不翻大浪，水波拍岸都很小心，瞅着挺不好意思的。一到冬天说冻上就冻上了，像是睡觉，是不打呼噜的那种。春天开江也是悄悄的，先是江水慢慢地漫上冰面，然后一点点地化开，成为一块块浮冰，它们排着队，也是静悄悄地往下游漂去。

　　下游是另一个国家，现在我们同那个国家不好了，要打架了，我们林场还来了好多解放军呢。是晚上悄悄地来的，就住在山林里，有大炮，还有坦克呢。

为啥不好了？那我不知道，是大人们的事。

好像老师在课堂上说过，说的时候我想别的事呢，想我家昨天来了一只小狗，那时的"四眼儿"还没睁眼睛呢。

国家和国家怎么像我和小满似的，我妈说我们俩属狗的，说翻脸就翻脸。

两个国家隔着一条窄窄的江，听大人说，以前都挺好的，两边的人还能结婚呢。现在不好了，而且是说不好就不好了，两边都来了好多的兵，所以我们就搬家了，搬到离边境远一点的地方，意思是真打起来别碰着你们。

"四眼儿"长大了，"四眼儿"是条漂亮的狗，它每天都在我放学的校门口等我，我会将书包让它叼着，它会像"我的兵"一样，在身后跟着我，有"四眼儿"在，我老有面子了。

国家和国家不打架行不？

小镇是陌生的，小区不是，林场搬出来的还住在一起，只是同班的同学不再同班了，我们被分开插到人家的班里。

我们住的房子很好，瞅房子坚固的样子，我们不会再回那个江边了，要是不打仗了，或是两个国家又好了呢？大人说，好了也不搬了。只是会好吗？瞅现在的架势，这辈子不会好，下辈子也够呛。

为啥结的仇？

上学就盼暑假，暑假我要回林场去看"四眼儿"，就是天上下刀子也要回去，只是暑假离现在还老远呢。

爸爸回过家，说把"四眼儿"留在山上了，客车上不让带狗，留了吃的和水。

"四眼儿"在山上没有个伴儿，我心里很难受。

熬到放暑假我都瘦了，妈妈说："等几天你爸回来接你去。"

"我不。"

"那咋办？我要上班。"

"我自己去。"

"不行，林场没熟人了。"

"我爸的瞭望塔上有电话，我能找到他。"

"要是找不到呢？"

"不会的，场部还有留守的人呢。"

"你咋知道？"

"我打听了。"

妈妈给我送上班车，再三叮嘱："下车后别乱跑，等你爸来接你，见不着你爸就待在场部。"

爸爸下山接我时，我没待在场部，我回家了。我的家没人住，不知是谁把我家的门给钉上了，小院里长出了荒草，窗上有块玻璃被打碎了，我太熟悉这个小院了，可现在长了荒草，变得很陌生，变得我认识它，它不认识我了。长了荒草，我不敢进了，我想哭。

我就那样地站在院外，不错眼珠地瞅着院里每个熟悉的地方，小船还在，只是天蓝的颜色被雨浇掉了许多。

要是不打仗，我就可以到江边驾小船了。

整个林场太静了，静得吓人，静得让我想不明白，好像以前就没住过人，几个月前的热闹、每个院子里的忙忙碌碌就不曾存在过。

"汪！汪！汪！"远处传来"四眼儿"的叫声，它箭一般地从街的尽头向我奔来，它老远就闻到我的气味了，我害怕了，我怕它不管不顾地扑倒我，因为我看出它兴奋得要飞，要我同它融成一体。我马上抓住杖栏悬到墙上，"四眼儿"蹿到跟前，一下子扑向我的怀里，伸出大舌头，猛劲地舔着我，那个高兴劲比我见到它还高兴呢。我抱着它，我们在地上滚着，它的大耳朵蹭着我的脸。我们亲热了好一会儿，爸爸才在后面跑来，看得出爸爸也想我。

"四眼儿"安静了下来，它从杖栏上挤着，它想进院，它回头看着我，好像在说，你咋不开门？咱们回家了。挤不进去就歪着头往里瞅着，它也是第一次回来，眼神中也能看出有疑惑，以前的家咋变成这个样子？

我们上山，"四眼儿"在前面跑着，在给我引路，好像我们去的地方，它比我熟，怎么走得它告诉我。跑一会儿就在前面等我一会儿，再往前跑一段，到了山顶它一下子蹿进屋里，又蹿出来围着我撒欢。

爸爸工作的地方我以前也来过，来就是来玩，待一会儿就够了，就吵着下山。这次心情不一样了，这好像是我的另一个家。以前瞭望塔里很简单，虽然也在山上住，可缺啥少啥就回家了。现在塔里变了，床和做饭的东西都很全很像样，塔下有块平地还种了菜呢。

爸爸的望远镜换了，换成老大的一架，有我的胳膊长，黑乎乎的小炮一般，这让我心潮澎湃，赶紧爬上塔顶搬过来把眼睛凑上去，我的天，眼前的大树像长在我头上一样，再往远看去，我发现十里开外的地方有只松鼠在树梢上跳。

打那天起，我就同那架四十倍的望远镜耗上了，除了吃饭睡觉，我都待在塔顶上，连"四眼儿"都不搭理了，"四眼儿"在塔下直转转，不知道我为啥不理它。

爸爸说："见着林中烟雾千万要喊我。"

那没问题。

我把镜头摇过界江，盯着对岸，那面不是我们国家。我将对岸的一座小木屋拉到我的眼皮底下，小木屋在山坡的树丛里，院门冲着江边是锁着的，院里有花在开，有架秋千静静地垂着，我猜想玩秋千的是个女孩儿，因为秋千踏板是红色的，秋千绳上拴着粉色的布条，究竟是不是女孩儿我也不知道，就这么一想。

那是一座孤零零的木屋，平时没人的木屋，因为我见他们的院里也长出了荒草。

不来住，为啥要弄个屋子？他们的人弄这个木屋干啥用？不会是军队用的，因为有秋千；也不会是防火，防火的屋子都在山顶上。

一座安静的木屋，在我的脑袋瓜里又是个神秘的木屋。

让我在望远镜后面跳起来并笑出声来的是个上午，对面那个木屋的院前停了辆小轿车，屋门开了。

这对我来说太重要了，以前三百六十度转着望远镜看的都是风景，树是不动的，山是不动的，动的只有风，可风是看不见的。那座木屋活了，在我眼前像有一个电影就要开演，或是新买了一本小人书。

在孤零零的山头上我看见了人，还是别的国家的人。

他们在小车上下来时我没看见，看见的时候，那座木屋已经像个家了。那个爸爸在用镰刀割小院里的草，像妈妈的人在往花上浇水，并将窗户打开了，院内有拉绳，上面晾着棉被和被单，屋后的小烟囱冒烟了。我想得没错，他们家里真的是个小女孩儿，她在擦秋千上的灰尘，也不知是她大还是我大。

更惊奇的事情发生了，她家也有一条狗，是"斑点"。

我完全明白那座小木屋是干什么的了，是玩的。

这回我每天有事做了，就在望远镜前盯着人家看，看他们每天都干什么，总看有意思吗？有意思，因为他们是外国人。

他们在院里放上桌子，在外面吃饭，那只"斑点"也蹲在一把椅上同人一起吃；小女孩儿却坐在秋千上摇晃着，手拿着的面包里夹着什么看不清；他们唱歌，那个爸爸会拉手风琴，拉的时候浑身跟着晃……他们忽然开始脱衣服，男的女的都脱，我在望远镜后闭上了眼睛，人家不知道有人看，那我也不能看。他们往江边走来，没穿鞋，走在沙滩上一跳一跳的，小女孩儿还套着一个游泳圈。他们下水了，在游泳也在拍水玩。我很纳闷，他们不知要打仗了？他们国家的人也不管他们？

　　那只"斑点"也下水了，它比"四眼儿"游得好，它在跟着小女孩儿游，她游累了就抱着"斑点"的脖子休息，"斑点"一动不动。

　　我每天都赖在望远镜后，"四眼儿"很委屈、很难过，在塔梯下歪着头瞅我，它不明白我为啥不跟它玩。直到我看见那岸的"斑点"单独跑到江边，岸上水里地跳着我才想起"四眼儿"。我回身将"四眼儿"往塔顶拽，好像它第一次上这么高，它小心地在木板上挪着。我把它抱起来，两只爪子搭在望远镜架子上，把镜头挪向它的眼睛。它不会看，我就教它，我想让它看到对岸的"斑点"，它也是好长时间没看见别的狗了。

　　奇迹出现了，"四眼儿"在镜头前不动了，他看见了"斑点"，它浑身抖动着，我明白它的激动，就像我家搬到小镇后第一次看见小满一样，我俩拉着手啥话都说不出来。

　　可"四眼儿"和"斑点"不认识呀！

　　"四眼儿"跳起来顺着梯子连滚带爬地冲了下去，然后就往江边跑，我得跟着哇，这时候它可别惹啥祸。"四眼儿"跑到江边站下了，冲着江的那岸："汪！汪！"没有回声，它又"汪！汪！"对岸传来"斑点"的"汪！汪！"声。它们两个在说话，它们两个认识了？

我惊奇的是外国狗的叫声同我们国家的一样。

它们两个隔着一条江不停地叫着，瞅着，转着。我觉得很高兴，"四眼儿"也有自己的伴了，虽然不在一起，可总还有狗想着，它们会到一起吗？我的念头是，不能，绝对不能，这条江是界江，它们之间隔着国家呢。

晚上，"四眼儿"不在窝里，我爸也觉得奇怪，瞭望塔周边都是树和山崖，"四眼儿"从来没有离开过瞭望塔附近，特别在晚上，它会早早地钻进窝里，也许林子里有狼呢。

今晚，"四眼儿"不知到哪儿去了，我和爸爸爬上塔顶，我转动望远镜马上就发现"四眼儿"，月光下它在江边疯跑着，不是它自己，还有一条狗，它们互相追逐，互相咬着尾巴，它们在狂欢。

爸爸说："那条狗是哪儿来的？"

我知道，但不想说，因为那条狗是对岸的，爸要是知道会不会管，会不会不让它们在一起？会不会看成一件大事？可我想让它们在一起，不就是玩吗？

我在想，那只"斑点"是怎么过来的？界江是不宽，可水流还是挺急的。

第二天的晚上，我早早地等在望远镜前，我想看那只"斑点"是咋过来的。"斑点"是游过来的，"四眼儿"在这边一"汪！汪！"，"斑点"就一跃跳进江里，只露个脑袋，在费力地穿过浪花，穿过急流，爬到这面岸边时，瞅着非常累。

有一天"四眼儿"会不会往那岸游呢？它能游过去吗？游过去会不会游不回来呢？

这种担心令我实在熬不住了，只好同爸爸说了，爸爸没有我想象的那么吃惊，也答应不说出去。爸爸说，"四眼儿"不会游到对岸去，它是母狗。

"母狗为啥不会游过去？"

"我说不会就不会。"

我有点儿担心"四眼儿"了，那晚江面上扫过了探照灯。有天晚上，"四眼儿"在这岸怎么叫"斑点"也没过来，在我的望远镜下，小木屋没有动静，连我都觉得"四眼儿"很没面子，你也算个女孩儿，咋就这么主动呢？我把"四眼儿"关了起来，晚上它再闹也不让它出去。

探照灯又扫过来了，让人发现会咋样？

白天的"四眼儿"不怎么围着我转了，放开它就往江边跑，我只好跟着。我好久没到江边来了，江水还那么清，沙滩上温温地热还有一点淡淡的鱼腥味。以前是总来的，把船推下水，我摇着，爸爸弄一片网，一次次地抛向空中，妈妈一般不上船，她采一抱野花放在筐里，笑眯眯地瞅着我们。

这江里的鱼非常香。

"四眼儿"又叫了，我见"斑点"在对岸那女孩儿的怀中挣出来，一下就从栅栏上跳了过来，飞快地跑到江边，想都没想就跃进水中，飞快地往这边游着。都快到这岸了，不知从哪儿响起枪声，我知道是枪声，因为我们林场的民兵经常打靶。

"斑点"身上出血了，水上一大摊的血，"斑点"又冒了一下头，再也没上来。

这是一瞬间的事，看见这个场景的只有我和对岸的那个女孩儿，我们都傻了，知道发生了什么，但不知道为什么发生。

我紧紧地抱住"四眼儿",把它压进草丛里,那枪声会再次响起吗?会冲我们打吗?我非常害怕。

　　这时爸爸从山上跑下来,一把把我抱进怀里,一手扯着"四眼儿",连滚带爬地躲进树林,再顺着小路飞快地往山上爬。

　　我们仨都吓坏了。

　　在望远镜里,对岸那个小女孩儿还在江岸上,一动不动地瞅着江心。后来,她的爸爸妈妈也出来了,三个人站在江堤上,女孩儿在哭,而且哭得特别伤心。

　　这是"四眼儿"惹的祸。我没说它,也没打它,我看得出虽然它不知道刚才发生了什么,可它也很伤心,它偎在自己的窝里不吃不喝。

　　望远镜里,对岸那个小女孩儿还总来江边,还瞅着江心一动不动。打那天起,他们再也没下水游玩,也不玩秋千了,也不在院里吃饭唱歌了,还在小木屋中出来进去,只是静悄悄的。

　　我预感他们要回家了。

　　妈妈来了,进塔内就开始收拾东西,要带我回家,再让我待在这儿,我就成野孩子了。

　　"四眼儿"变了,变成一只不那么淘的狗了,只在瞭望塔的前后转,跟着我们的身后走,再也不到江边去了。

　　下山后,我说再到咱家看看吧,妈妈有院门的钥匙,我拨开小院里的荒草,坐在没下过水的船上,我盼着有一天能划它。

　　爸爸来电话说,"四眼儿"怀孕了。

　　下雪的时候。"四眼儿"生了两只小狗,这让我又想回林场了,做妈妈的"四眼儿"变什么样了?还有那两只小狗肯定很好玩。爸爸说,新年不能回家了,场里安排替他的工友家人病了。

"那咱们去吧?"

妈妈说,也行。

爸爸说,对面的小木屋里有了灯光。他也把小木屋当邻居了?

把我惊呆的是,那两只小狗长得不一样,一只是小"四眼儿",就是眼睛下面又长了同眼睛一样的黑圆,一只是"斑点",非常纯正的"斑点"。爸爸说,绝了,以前都没听说过。两只小狗可欢实了,天天在山头上和雪地里你追我我追你的,我看着它们想,他们要是人的话,是不是该上学了?

对面的小木屋真的有人了,他们自己在江边扫出一块冰来,三个人依次地在冰面上滑冰,那个小女孩儿戴着一顶红色的滑冰帽,常拽着她妈妈的衣襟。

她忘了那只"斑点"了吗?

要是她见到一只同她的大"斑点"长得一样的小"斑点"会咋样?这个念头让我激动得不行,让我想象无限。

那天,我看见她一个人在那块小冰面上滑冰,我抱起小"斑点"就往山下跑去,我没忘记我给它们买的红皮球。到了江边,我将手掌变成喇叭,大喊:"哎!"她能听见吗?她好像听见了,她站住了。我拿出红皮球,在小"斑点"的眼前晃了一下,就将皮球顺着江面甩了过去,皮球在江的冰面上跳着、滚着,小"斑点"一见,箭一般地冲红皮球撵去。皮球跳上了她在的那块冰面,小"斑点"也蹿了过去,它爪子一滑溜到了小女孩儿的冰刀前,小女孩儿愣了一下,马上将小"斑点"抱了起来,紧紧地抱着,跟我想象的一样,她开始一愣,后来好像哭了。

我想不到的事情又发生了,我的"四眼儿"疯了似的从山坡上蹿了下来,冲着小"斑点"跑的方向狂奔,它在找它的孩子。还没

267

等我回过神来，"轰"的一声，"四眼儿"被高高地抛起，我也被一种气浪吹个后仰……

后来爸爸说，"四眼儿"绊上江上的地雷了，"四眼儿"被一辆吉普车拉走了。

谁说也不行，我在江边用雪堆了一个白坟，我们这儿死了亲人都这样。望远镜里，对面的山坡上也出现了一个同我堆的一样的白坟，那个小女孩儿站在白坟边高高地举着手，手上举着一只小船的模型。

我看清了那是只小船，我还知道那只小船是送给我的，大人们不懂。

再过些日子，我堆的白坟就会化了，春天是所有的船都下水的时候，我想的那个春天会来吗？

也是秋天

一

谁呢？

脚，离开油门，让车缓缓地停在路边，窗落下，初秋的风里有了故乡的味道。宾州河老了，河水黏稠而混浊，水声只成记忆，流淌成为挪动。两岸的土地板结成渐秃的毛发，河边不再有人来……

"你到哪儿了？我在收费站等你一个小时了。"手机接起来后，听到小耢儿的喊声。

"在你老婆的床上呢。"

"哈哈！我老婆听见还真高兴，平时一提到你，她眼睛就直。别扯淡，夏部长也在这儿受穷风呢。"

"十分钟。"

"快点儿。"

那个大坑以前是个小山坡，马莲草长得矮矮、密实，开一种蓝色的花。初秋，水有些凉了，孩子还恋水，咬咬牙也能扑腾出个不久的夏天来。完了，赖到草滩上，盖上长衣，有尿不撒，小鸡鸡就会指上蓝天。

"一会儿，就会有大雁飞过。"

孩子有时的直觉是准的，一般下午没风，北面，淡淡的白云间，一声鸣叫，云层里会有小黑点，几十只或上百只大雁呈"一"字形南飞，或许我们的目光是友好而热情，它们常在我们的眼波里变换成一个"人"字，像一次演出，完成着秋天将临的仪式。现在想来，那天"人"合一的生动，任何一种转述都是对现实的玷污。目送不久，便有夕阳，有火烧云西行，曾经的蓝天是壮丽的，壮丽得使一切神话都成为可能。

那个男孩儿总是最后一个离开河岸，他想着大雁落脚的地方还是夏天，然后就遗憾，就懒懒地将自己在原野上展开……没有了草坪，我只好坐着，掐一个草茎咬在嘴里，咔咔地响……

收费站。小耢儿已过了栏杆这边，猴急的。夏部长是老朋友了，宣传部总同报社打交道，又是家乡人。小耢儿是小时的玩伴儿，他家丫头多，小子就他一个，当爹的还想让他再"耢"来一个。现在是外贸局的局长了，还是那副探头探脑的德行。

他挤上我的车就开始报告："咱们县的胡书记到香港去招商，碰见一个日本鬼子，一提咱们的县名就跟来了。瞅那派头有钱，可一句中国话不会说，到县里后现找翻译也不凑手，就在一中弄个教日语的老师，年龄大不说还是个男的，那个老鬼子的脸没个晴天，让去县里的几个厂子看看也不去，住进屋里就不出来，叫他吃饭都费劲。言谈中他提到了原一中的任老师，说是以前认识，胡书记一时没反应过来，可我听了就一蹦高，这不就把你请回来了，胡书记的宝可押在你身上了。县里穷啊，你这次回来可得烧炷高香。这老鬼子在咱们县待过，啥时候他没说。"

宾州河边有过日本的驻军和开拓团，光复时留下些遗孤，还有一些日本妇女嫁给了当地人，也生出一些"二鬼子"，小时倒认识几个，中日邦交正常化之后，大多都回国了。

一句汉话不会？谁呢？

二

穿过城区，向北。

"这是去哪儿？"

"果香园。"

"啥地儿？"

"吃住玩一条龙，咱们县最高档的地儿。"

"果香？早年城北倒是有大片果园，不被砍了盖楼了吗？"

"当时砍了是改革开放，振兴经济，现在楼扒了，又种上了果树，叫保护自然，开发旅游。"

"我×。那里有个日本鬼子的小白楼，以前咱们偷果还在那儿避过雨呢。"

"就是它，文物利用，见着你会傻。"

小耪儿提醒我，别几杯酒下肚就拿人开涮，自命为文人不管不顾的，今天可是正式场合，人家都是穿西装来的。

别说，我还真有这个毛病，酒桌上管老大姐叫小妹妹的事常有，若对方屁颠儿地说出自己的年龄，我就会说，不像，不像，怎么弄的，至少年轻二十岁，再加上"恨不相逢未嫁时"，那是真真的下酒。遇到个县团级就叫父母官，显出低声下气的，其实就是涮着玩。

车停，我心动了，做过旧的小白楼连着我的童年。门脸并不显眼，可一踏进房间，就觉得很陌生，不是我陌生，是放在一个农业

273

小县中就陌生了。那个间里豪华得可以，别有洞天的感觉。

"我说胡书记，回来好多回了，这屋我怎么没吃过？省报的级别不够？"

站在门口的胡书记，哈哈地抱了我一下："防火、防盗、防记者，我们要时刻牢记的。"他也让我给惯皮了。

我趴他耳边："你这外乡人不知道，这楼里可吊死过人。"

"哈哈！不懂了吧？没有那年的事，就没有今天的火，这楼是文物了，菜价高一倍，天天不拉桌，女鬼不害人。"

五大班子的都到了，不该来的一个没有，看来这次县里是认真了，瞅着那老日本鬼子，像瞅着一张可能中奖的彩票。

"中村先生，日本北海道株式会社渔业公司中国部的主管。"

那中村眼睛直勾勾地看着我，哇啦，哇啦。

翻译说："他说，从你的脸上认出了你父亲。"

我冲翻译："杨叔，我是小恒，咱们院老任家的。"

"啊，你是老几？中村先生提的时候我就猜。"

"老二，同你家彬彬是小学同学。"

"哇啦，哇啦。"

"他说，你父亲还好吗？"

"两年前去世了。"

中村有礼貌地低下了头。我仔细端详着他，六十岁左右，典型的日本样，五短身材，平头，单眼皮，一套西装穿得有模有样，看来像个有钱人，不一定是北海道打鱼的，我心里也明白，是打鱼的能看出来吗？这年头。

胡书记招呼大家入座，我谦让一番被安排到老鬼子的右边，那可是主宾的位置，我这盘"狗肉"就这么上了正席。接待老鬼子可真费了心了，桌上摆的居然是清酒。我同身边的夏部长说，这玩意儿不借劲。"完了，我请你出去喝。"忘了说了，夏部长是女的。

胡书记站起来，拿起高脚杯："中村先生回到咱们县三天了，谈了几个意向型的合作，前景很好，今天省报的任主任又回来帮助工作，我代表县里的五大班子，既祝愿中村先生在我们县生活愉快，也对任主任的到来表示感谢。"碰杯。

我已不是主任了，几个月前竞聘之后，成了房檐上的腊肉被挂起来了，家乡人还这么叫也很受用。

该轮到我敬酒了，向中村躬下身的时候，还在想，中村？没印象。又不能深问，人家是个讲礼貌的人。

中村端起酒杯，先往地下洒了一点，这让我感动。

"哇啦，哇啦……"九十度躬身。

杨叔说："你父亲对他有恩，你母亲对他很关照，他永远不会忘记。"

我一惊，脱口而出："木依寇？"

没通过翻译，老鬼子的眼睛湿润了，用力地点点头。嘴唇一动："恒。"

一个字别人听不出是日语还是汉语，可我知道他说的是汉语。我冲胡书记说："换酒，要白的，今天我想喝。"老鬼子居然也将酒杯倒空，向我推来。

胡书记愣了一下后笑了，大家都笑了，清酒还算酒吗？小耢儿冲我一挤眼："这几天可把我整坏了，这酒不挡口。"

老鬼子酒量不错，还认识茅台。

几杯酒落肚，老鬼子说起了中日友好，说南京大屠杀他不清楚，可在"满洲国"，日本人还是友好的，除了反满抗日分子，基本上不杀人，还修铁路、建学校，恒的父亲就是日本人的学生。"开拓团来开了很多荒地，现在你们不是还在种吗？不让当地人吃大米，是出于没办法，军粮不够，我们的人吃不惯高粱米。特别是这几年你们搞改革开放，日本也在支持着你们，你们看这街上跑多少日本车呀。还有电视、冰箱……"

一个民间人士，又不是开会，让他过过嘴瘾，谁的心里都有一本账，咱不是为套他俩钱儿吗？我碰了碰夏部长，意思是别太紧张，灌他酒，放倒他就不能放屁了。

夏部长还真听我的，笑吟吟地同他干。老鬼子又哇啦哇啦，杨叔没翻译。

不同他争执，话题转到合作办厂的事上来，老鬼子说："可以进口些我们的海产品来卖。"胡书记觉得不妥，一个小县能销多少海产品哪？还是投资建个厂好。老鬼子说，那就建个药厂生产鱼肝油。再议吧，总算有了活口。

这老东西，一个卖鱼的，就知道推销他的海产品，他真知道啥是鱼肝油吗？

有些醉了，他要去洗手间。小耢儿马上站起来扶他，我也跟了出去。路过洗手间他居然没进，推开招待所的门站到了当院。我同小耢儿对视了一下，他要干什么？

事情发生了，只见他用右手解开裤扣，掏出那玩意儿，冲着院里的人群，哗哗上了，而且身体一挺一挺的，低头看着他的"水龙头"还挺认真。好多食客开窗看热闹，他更来劲，嘴里还哼着……这可把我俩整毛了，赶紧上前去拽他，身后的胡书记扔了一句："让他尿完吧，不就是一泡尿嘛。"

席散，我决意要送中村上楼，并把胡书记劝出了门，说要同他

276

聊聊过去，唠唠家常。翻译杨叔跟在后面，我说："您也回去吧，我陪他。""没翻译能行吗？""行。彬彬干什么呢？""在大庆当护士呢。""啊……"

中村进屋就倒在床上，我把门锁了，他嘴里还哇啦哇啦的。

我说："木依寇，你说人话。"

他一愣，坐了起来，沉默了一会儿，一口纯正的东北话："小恒，是你们一家救了我，要不我非得死在这嘎嗒不可。"

"小时你也打过我，你记得吗？"

"记得。"

"那好。"我抡起巴掌搂头盖脸。"装醉，当街撒尿……"

三

听我爸爸说的。

一九四五年的九月，早晚已经凉了下来。庄稼开始泛黄，让人们感觉一种金色，这与心情有关。光复了，日本人像垄沟里的耗子，只是黑土地上没有他们的窝。后来知道"八一五"日本就来了令，可在县城反应慢。国高，几个月前就不上课了，教工们预感到要发生什么，对中国的学生客气了许多，或收拾一些能带走的，结伴去了哈尔滨，去了长春。只是校长还在，可能没有接到命令，一家三口把房门紧闭，路过窗前能听见一种广播在响……

国高校长叫中村吾助，东京大学毕业，学拓殖学的。拓殖学？后来才知道是关于对武装占领区如何管理的一门学科。

父亲说："校长人还可以，虽然也打人，也背枪，可把我们当学生看待。"

日本人担心的事终于发生了，当苏联的飞机群鸦一般掠过天空时，他们的天塌了，命不保，本来这天就不是他们的。

农村庆祝光复同城里是不一样的，城里是拥上街头去看苏联的军车，看轮盘枪下走着的日本鬼子，举着彩色的小纸旗上街游行。而在乡村是一帮人到曾是日本人的驻地去抢东西，去扒日本人身上的衣服……抢回一筐铁盒，有人说是罐头，可砸开后是粉状的，冲水喝吧，不好喝，后来才知道那是骨灰。

那天父亲同几个国高的同学路过一个村口，见一群孩子跑出来追打一个四五岁的男孩儿，那男孩儿见到父亲他们连滚带爬地扑过来，跪在地下哭了。这孩子大家都认识，中村校长的独生子，叫木依寇，上课的时候总到班里去玩，或让学生背着他在操场上跑，打小就爱用小脚踢人……他们把村里的孩子撵跑了，问："你爸爸呢？"

村外的一个小庙里见到了中村校长，身上的衣服还在，只是人已经不成样子了。见到昔日的学生他哭了，一个劲儿地道歉，说以前打过你们，对不起，对不起了。学生也是一群孩子，父亲那年才十二岁。

日本人是可恨，可不是所有的日本人。

"校长，你缺什么？"

"想吃点儿青菜，粮食还有。"

学校曾种一些菜，也就几天都被附近的农民抢光了。几个学生回家弄了一些送了过去，中村校长是跪着接下的，还说，日本人不好，日语有用，别扔了。日本人哭的时候也像个人似的……几天后的一个半夜，爷爷家被狗叫和孩子的哭声惊醒，爷爷斜披着夹袄，用手遮着一盏油灯出了房门。那晚有月，院里白白的像有一层霜。院杖的空中被塞进一个小孩儿，我家的狗围着吠着。

"你是谁家的？"

孩子在哭。

"怎么在这儿？"

孩子还哭。父亲出来了。

木依寇的身上有一封信，半日语半汉语的，父亲能看个大概。说："任，等不下去了，得去找我们的人，县里都认识我，大路是不能走的，翻山又没吃的。我见过你父亲，是个善良的人，我想让木依寇活下来……"

"你妈妈呢？"

孩子说话了："被一群大鼻子人给带走了。"

爷爷是善良，可也是个胆小怕事的人，那几天睡不着觉了，因为任家同日本人有了瓜葛。一下子传遍了全村，不仅是我家收留了一个日本孩儿，还因为这孩子是中村校长的。农民倒不大认识那个中村，可都知道他的老婆惊人的美丽，那夫人若被哪个农民看见了，能绘声绘色地讲上几天呢。

那个美丽的日本娘儿们的孩子在老任家，这就传得快了。来看的人一多，爷爷受不了，就到乡上去，把"无奈"说了。人家乡上的人倒也开通，你家有粮就养着吧，大小也是条命。人家捡洋捞是衣服、军毯什么的，哪怕弄把军刺也能杀年猪用，可我家捡了个孩子，哭笑不得。

几年以后，父亲考学走了，第一个暑假回乡时才知道，爷爷将木依寇送到了大队的养老院，那里也收留了一些孤儿。爷爷也不大好意思："孩子越来越大，那张嘴能吃着呢，年成不好。再说，在咱家待久了，出事呀。"父亲去看他，那孩子变了，有了一双总是惊慌失措的眼睛。见父亲来，他的脸上泛起一片血色。

"饿吗？"

"嗯。"

"还有呢？"

"他们，他们总讲我妈妈……"养老院的外屋是个村里人扯闲篇的地方，晚饭后，男人们拎着个烟口袋，女人们缠着个鞋底都来了。这个村是距县城最近的村，村民常到街里逛逛，于是就有了谈资。说老毛子挺骚性，把日本娘儿们都弄到小白楼了。

"咱那小犊子他妈呢？"

"八成也在那儿，细皮嫩肉的……"

再提到木依寇时已经有了我，他已经是个二十几岁的庄稼汉了。因为始终没户口，在队上干活不好记工分，他就到处打零工。在县里工地上干活时居然找到了我家，就常来。他来好哇，母亲总是多加一个菜，并总是用奇怪的眼神打量着。母亲是外乡人，于是在以为我们睡了时向父亲询问她好奇的话题。

"他真是日本人？"

"嗯。"

"你们的校长再没消息？"

"那年月打死个人像玩似的。"

"他妈妈真的很漂亮？"

"单眼皮，说话细声细气。"

"……被抓走后，咋的了？"

"也是听说，年轻一点的都弄到了小白楼，就是城北那个，一到晚上，苏联的大兵出来进去的，有次我路过，真有女人在叫。"

"他知道吗？"

280

"有可能。乡下人啥都说，听咱孩子的爷爷说，有次木依寇丢了，村里人就是在小白楼前找到的。"

"看见他妈妈了？"

"哪能呢，在苏联的兵回国的那天晚上，日本女人集体自杀了，说用床单扯成条，都在窗棂上……那楼一直空着，说是闹鬼。"

这些话，我们不大听得懂。木依寇同我们不一样的是他左手使筷，可夹菜一点儿都不比我们少。

几天后，他又来我家。在院里，我好奇地问："你妈在小白楼上吊死的？"

木依寇说是要给我糖，领我到房后，一个耳光打得真狠，狠得我回家也不敢说，只是到镜前照了照，两个手指印。他调头走了，再也没来过，直到回国。

大了问父亲，他的右手咋总揣在口袋里？

"残疾。"

"为啥？"

"从小就那样。"

四

酒醒之后我也后悔，毕竟是小六十的人了，还是个外国人。

我看了看自己的手，有点儿麻。

木依寇待了许久，站起身为我剥了个橘子。他开始脱衣服，洗手间水龙头在响，换了件和服出来。

"小恒，你也有四十了？"

"多了。"

"任老师啥病?"

"神经胶质瘤。"

"你妈妈呢?"

"十八年了,死在脑膜炎。"

"我回国时他们还那么年轻,我父亲还活着,有时还说,你父亲的日语很好,还说你的爷爷常到国高给你爸送吃的,见到日本人就跑。"

"在日本过得好吗?"

"现在行。"

"以前呢?"

他沉默了许久,"刚回国那阵儿,我就像被人强暴了的幼女。三十来岁没文化,又是中国乡下人的做派,吃啥啥不剩,干啥啥不行。我觉得我是日本人,可日本人把我当'满洲人'。"

"咋熬出来的?"

"打工的那个主管去洗手间,将手纸扔到我的桌上,送进去还不行,还要我擦他的屁股,按辈分论,我还管他叫舅呢。"

"后来呢?"

"后来就是今天。"

我推开窗户:"我们县真用心了,这日本房你一定很习惯。"一惊,但愿他不记得从前。我没敢回头,屋里出奇的静。

许久。"以前总去你家,因为有时晚上吃不着饭。你也就四五岁,我的碗一空,你就盯着我,我就不好意思再吃了。"

"原谅我那时不懂事。"

"谁家的粮也不多。"

"你现在有钱吗?"

"在日本不算。"

"你真想投资?"

"我本没有回宾县的打算,胡书记太热情,旅费还不用我花。"

"我问你……"

"这点钱我是有的,看情况。"

"看什么情况?"

"胡书记说,也不用真投多少钱,有个中日合资的名分就行,我搞不懂。"

这里面的事,我多少明白一点,可不能当他说。

这话题就撂这儿了,四目相对,谁也没说,可念头相碰了。

中村又递给我一个橘子,用右手,食指、中指、无名指齐刷刷,大拇指和小拇指一夹,很别致:"别提小白楼好吗?他们都不知道。"

"嗯。"我赶紧回到我的房间,秋风紧了许多,那窗棂"啪啪"地响,躺床也把灯开着,盯着窗棂,有鬼吗?若真有,该是怎样的相会?念头穿过墙壁,那屋出奇的静。

五

第二天,胡书记早早就来了,先到我的屋,由小耧儿陪着。

"昨晚休息得可好?"

"不好,一个骚扰电话都没有。"

"过几天你单独来,多大点儿事儿。老鬼子那儿有戏吗?"

"有点儿活动气,他说今天要出去考察一下。"

胡一喜:"过去吧,事成有你的回扣。"中村一身西装已经穿好,

283

胡子刮了个干净。我心里一笑，看来那一巴掌没白打。

考察的队伍浩浩荡荡，我的任务似乎完成，跟着不跟着不重要，就在门口等着人带我到二龙山水库吃鱼去，我见昨晚那泡尿还没干。中学的同学都知我是属猫的，可耗子不吃。还找来几个女同学，一个个老得一点儿都不下酒。下午胡书记的电话很急迫，说是老鬼子今晚要过生日。

作妖吧？哪来的预感。

喝的还是茅台，老鬼子高兴得唱起日本歌，听杨叔说，是怀念家乡的，我×。我说，《大刀向鬼子们的头上砍去》他也会唱。

胡书记心满意足，据说，明天就签合同，中村先生决定投资了，就用这小白楼，搞个日本料理。

我一激灵："别的，这儿生意不错呀。换个地方。"

"人家不干，改就改吧，不能光算经济账，名声好。"

我担心，可也尽量把木依寇往好了想。

小白楼是日本人盖的，早年叫大和商行，"满洲"的县长还骑马时，那楼前就有轿车出入。那白楼最早有电灯的，还有电唱机在唱，一百米之内不准中国人走动。听父亲说，早年那楼顶有天线，风一刮，"嗡嗡"地响。

真是商行吗？

苏联红军来了最先攻占了它，成了大兵跳舞的地方。因为距城里远，还有那儿吊死过人，好多年没人利用那房子，空着也透着结实，风刮雪压，人屎狗尿，居然纹丝不动，楼下一间只是看果园的老头住过。

中村要到院里走一走，我当然陪着，夜已深，楼的内外依然灯火通明。

"今天是你的生日？"

"三十二年前我在今天离开这儿的。"

"那你真的生日呢？"

"被母亲带走了，父亲都不记得。"

"为啥要在这儿开酒店？"

"日本房开日本料理。"

"没别的原因？"

"没有。"

我远远地望着小白楼，人气还盛，可仍像一个老人。

"一点儿都没变，只是墙粉是新的，还有玻璃。"老鬼子转到楼后，半天没转回来，不知他干了些什么。

那楼真显得不大，小时可觉得是个大建筑呢。多年的阅历告诉我，其形状是很典型的，比哈尔滨的有些日本房更"日本"。若条件允许，完全可以当个文物利用。窗户是细长条的，比中国式要高出许多，我相信，那样的窗棂是可以吊死人的。

真怕出点儿啥事儿，我转到屋后，见木依寇盘腿坐在一扇窗下，闭着眼睛。

"这扇窗同我们老家的窗户一样，回国后，去了你们叫姥姥的家，那窗下还放着母亲的首饰盒……"

他应该跪着呀？我在想。

"……那晚，我父亲见远处有车灯靠近，就跑了，当地的人带着大鼻子兵把我妈妈拉走，我哭着被踢倒，并围着我冲我身上撒尿。父亲回来后，把个包裹背到身上，拿个刀子冲我走来，我又哭了。"

285

"然后就到了我家？"

"没有。父亲将我背到背上，奔了南山的坑道。到了坑道口，我醒了，见到了五岁孩子眼里的战争：杀女人，杀孩子，看到个老头将军刀插在自己的腹中绞动着，嘴里还发出呀呀的叫喊……"

"这回该到我家了吧？"

"嗯。"

"你的手就是那时……"

"不是。我记事儿就这样，记得我学着你们拿筷子。"他伸出了右手，"母亲哭了，那晚父亲狠狠地把母亲打了。多少年以后我原谅了他。"

我心里"嗵"的一下，出了一身的冷汗，因为他做了个举枪瞄准的动作。

"以前你来过小白楼吗？"

"来过。那时就一座空楼，我还在楼里捡到一枚围棋子，像我妈衣服上的纽扣。你是不是还想问我为啥不说汉语？我了解你们，说外国话有面子。"

我心里笑了，真他妈的。

六

我总不能一棵树上吊死，第三天就打道回府了。木依寇投资的事成了更好，万一有提成呢？不成我也没搭啥，不还吃到几次活鱼嘛，况且车的后备厢里还有十来斤呢。

那事儿我还关注，闲着也是闲着。

后来合同签了，小耢儿说，那场面挺正式的，中日的小旗，长条桌，从哈尔滨弄来的签字笔，还备了几杯红酒，签完字要碰杯，电影上都那样，签字笔要收藏。中村倒像那么回事，可他签字有效吗？

"是不是日本那边该有个章啊！"

"人家没提，就不一定用，签字就行，外国人好像都这样。"可犯嘀咕的不止一人。

在场的人都好好地想着：中日合资的牌牌都做好了，还用红绸盖着，挑好日子，再在省里请几个重要人物一揭，鞭炮一点，相机的咔咔声……

皆大欢喜，就等着中村往这儿打钱了。中村也高兴，还分赠给相关人士包装很讲究的礼物，一层层地打开，是枚纽扣……胡书记很珍惜，金的吧？那晚又是一场好酒。

半个月后，小耢儿来了，听说我儿子考学顺利，来送点份子钱，县城的人讲究。三杯过后，他笑得脸都变了形。

"那个老鬼子……"

合同签了，原来的经营方被胡书记一顿骂，捞点儿有限的赔偿，心里也骂着离开。财产用板车拉走，那院只剩下了小白楼和中村。

那晚雨大，不像秋天的景象。小白楼失火了，每个窗户都舔出浓烟，舌头一般地吞吐着，发出"呜呜"的声音，天空的眼泪落到火上，生出白色的云……人们和救火车来的时候，中村站在小白楼前大声地说着谁也听不懂的话。

那小楼真的较劲，窗户都烧毁了，房架很冷静地存在，没有一点儿破损。只是那窗户变成一些睁开了的眼睛。

公安局的人并没有太难为中村，带走时也没戴手铐。后来听说，中村的第一笔钱已经到账了，心情最不好的是胡书记。

那火，我知道。狗日的木依寇，到了也没说一句中国话。

其实，烧也白烧。

图书在版编目(CIP)数据

棕瞳／任永恒著. — 北京：中国文史出版社，
2020.1

（跨度小说文库）

ISBN 978 - 7 - 5205 - 1256 - 5

Ⅰ. ①棕… Ⅱ. ①任… Ⅲ. ①短篇小说 - 小说集 - 中
国 - 当代 Ⅳ. ①I247.7

中国版本图书馆 CIP 数据核字(2019)第 181463 号

责任编辑：蔡晓欧　薛未未

出版发行：**中国文史出版社**

社　　址：北京市海淀区西八里庄 69 号院　邮编：100142

电　　话：010 - 81136606　81136602　81136603（发行部）

传　　真：010 - 81136655

印　　装：北京东君印刷有限公司

经　　销：全国新华书店

开　　本：720 × 1020　1/16

印　　张：18.5　　　字数：188 千字

版　　次：2020 年 1 月第 1 版

印　　次：2020 年 1 月第 1 次印刷

定　　价：58.00 元